徳間文庫

婿殿開眼五

南町事変

牧 秀彦

徳間書店

目次

【主な登場人物】

笠井半蔵《かさいはんぞう》　百五十俵取りの直参《じきさん》旗本。下勘定所《しもかんじょうしょ》に勤める平勘定。

佐和《さわ》　笠井家の家付き娘。半蔵を婿《むこ》に迎えて十年目。

お駒《こま》　呉服橋《ごふくばし》で煮売屋『笹《ささ》のや』を営む可憐な娘。

梅吉《うめきち》　『笹のや』で板前として働く若い衆。

矢部駿河守定謙《やべするがのかみさだのり》　新任の南町奉行。

梶野土佐守良材《かじのとさのかみよしき》　勘定奉行。半蔵の上役。

高田俊平《たかだしゅんぺい》　北町奉行所の定廻《じょうまわり》同心。半蔵と同門の剣友。

宇野幸内《うのこうない》　南町奉行所の元吟味方《ぎんみかた》与力。俊平の後見役。

政吉《まさきち》　俊平配下の岡っ引き。

仁杉五郎左衛門《ひとすぎごろうざえもん》　南町奉行所の年番方《ねんばんかた》与力。町民の支持も厚い好人物。

堀口六左衛門《ほりぐちろくざえもん》　南町奉行所の同心。年番方で五郎左衛門の下役を務める。

堀口貞五郎《ほりぐちさだごろう》　六左衛門の嫡男。どら息子。

遠山《とおやま》左衛門尉《さえもんのじょう》景元《かげもと》　北町奉行。幸内とは昵懇《じっこん》の間柄。

筒井《つつい》伊賀守《いがのかみ》政憲《まさのり》　元南町奉行。

鳥居《とりい》耀蔵《ようぞう》　目付《めつけ》。

金井《かない》権兵衛《ごんべえ》　矢部家の家士頭。

浪岡《なみおか》晋助《しんすけ》　浪人。天然理心流《てんねんりしんりゅう》の門人。半蔵と俊平の弟弟子。

孫七《まごしち》　下勘定所の雑用係。忍者の末裔《まつえい》。

三村《みむら》右近《うこん》　南町奉行所の見習い同心。左近の双子の弟。

三村《みむら》左近《さこん》　右近の双子の兄。

佐久間《さくま》伝蔵《でんぞう》　南町奉行所の吟味方同心。

高木《たかぎ》平次兵衛《へいじひょうえ》　南町奉行所の物書役同心。

【単位換算一覧】

一尺《しゃく》（約三〇・三〇三センチ）　一寸《すん》（約三・〇三〇三センチ）　一分《ぶ》（約〇・三〇三〇三センチ）　一丈《じょう》（約三・〇三〇三メートル）　一間《けん》（一・八一八一八メートル）　一里《り》（三・九二七二七キロメートル）　一斗《と》（一八・〇三九一リットル）　一升《しょう》（一・八〇三九一リットル）　一合《ごう》（〇・一八〇三九一リットル）　一勺《しゃく》（〇・〇一八〇三九一リットル）　一貫《かん》（三・七五キログラム）　一斤《きん》（六〇〇グラム）　一匁《もんめ》（三・七五グラム）　一刻《とき》（約二時間）　半刻《はんとき》（約一時間）　四《し》半刻（約三〇分）　等

第一章　辻斬りは同心

一

「待ちやがれ、この野郎！」

「逃がすんじゃねーぞ！　とっ捕まえて簀巻《すま》きにしてやれい！」

暮れなずむ空の下、入り乱れた足音が聞こえてくる。

夕陽にきらめく水面に映るのは、大川端を駆け抜ける男たちの荒ぶる姿。

鞘《さや》ぐるみの長脇差《ながわきざし》を引っ提げて竪川《たてかわ》沿いに駆けていくのは、最寄りの回向院《えこういん》の門前町を仕切る地回りの一団。

追われていたのは着流し姿の武士だった。

墨染めの着流しに白地の博多帯を締めている。

大小の二刀が重たげである。

覆面から漏《も》れる息の荒さで、顔が隠れていても苦しそうだと分かる。

天保《てんぽう》十二年（一八四一）の五月も末に至り、陽暦ならば七月の半ば過ぎ。

梅雨《つゆ》も明け、一昨日に川開きを迎えたばかりの江戸は夏本番。

昼間の熱気は、日が暮れてもすぐには冷めない。

追う者も追われる者も汗まみれ。

舞い上がる埃《ほこり》を浴びて、剝《む》き出しにした脛《すね》が斑《まだら》になっていた。

逃げる武士はとりわけ必死である。

覆面から覗《のぞ》いた瞳は、恐怖で吊《つ》り上がっていた。

何をしたのか定かでないが、捕まるわけにはいくまい。

武士が無頼の連中に痛め付けられたとなれば、体面に関わるからだ。

それにしても奇妙なことだ。

喧嘩《けんか》慣れした地回りを好んで相手取るほど、この武士は血気盛んに見えない。

裾をはしょって剝き出しにした腿《もも》も、はだけた襟元から覗いた胸板も、筋肉の張りが乏《とぼ》しい。特に肥えていない代わりに、鍛えられてもいない。

「おい見ろよ。あのサンピン、息が上がっちまったらしいぜ」

追いかける地回りたちは、中年と思《おぼ》しき武士を舐《な》めていた。

「けっ……このくそ暑いのに大汗を掻かせやがって。おいお前ら、野郎を簀巻きにしてやる前に、ちょいといたぶってやるとしようかい」

「心得《かし》やした、兄《めえ》い！」

河岸に追い込んだのを取り囲み、浮かべるのは嗜虐《しぎゃく》の笑み。

誰一人として、まだ長脇差を抜いていなかった。

この程度の相手に、刃を向けるまでもない。

殴り回した後は簀巻きにし、川に放り込むだけのこと。

完全に舐められていながらも、負けじと武士は鞘を払った。

地回りたちはまったく動じなかった。

雪駄《せった》履《ば》きの足を悠然と進め、一人、また一人と河岸に降り立つ。

武士の腕前はもとより、抜いた刀も恐れていない。

夕陽にきらめく刀身には、何と刃が付いていなかった。

命知らずの一団を相手取り、斬《き》れぬ刃引きで迎え撃つとは無謀の極み。

されど、今はやるしかない。

「いざ参るぞ、無頼ども！」

一声吠えるや、武士は奇妙な構えを取った。

切っ先が背中に垂れるほど、深々と振りかぶったのだ。

両足を横に開いて立ち、腰を落としぎみにして、腹を前に突き出している。

意を決して挑みかかるのかと思いきや、武士はその場に居着いたのだ。

体勢こそ安定したものだったが、これでは機敏に動けまい。

「どういうつもりですかねぇ、兄い？」

「馬鹿野郎、虚仮威《こけおど》しに決まってるじゃねーか」

兄貴分の地回りは、凶悪な顔に皮肉な笑みを浮かべていた。

「いいかお前ら、ヤットゥってのはよ、ああして一っ所に腰を据えてたんじゃ埒《らち》が明かねーもんなのよ。あんなに目ん玉ばかりぎょろつかせてたって、怖くも何ともありゃしねぇ。まぁ、ああでもしてなけりゃ腰が引けちまって、どうしようもねぇのだろうよ。肝っ玉が小せぇくせに空意地を張ってやがるのさ」

「へっ、そういうことですかい……」

失笑を漏らしつつ、地回りたちはじりじりと前進する。

止める者は誰もいない。日没前にもうひと働きしようと河岸で荷揚げに励《はげ》んでいた人足衆は巻き込まれるのを恐れ、船頭ともども逃げてしまった後だった。

船着場の棒杭にもやったままの荷船が、頼りなげに揺れている。

すでに陽は沈んでいた。

宵闇《よいやみ》に包まれ始めた川面を、ひゅうと風が吹き抜ける。

顔を隠した覆面を、武士は脂汗で濡らしていた。

涼しさを孕《はら》んでいるはずの川風も、今は生ぬるくしか感じられない。

多勢に無勢となれば、緊張を強いられるのも無理からぬこと。

窮地を脱するには、腕に覚えの剣技で立ち向かうのみ。

「野郎！」

一人目の地回りが飛びかかった。

鞘に納めたまま、思い切り長脇差をぶん廻す。

斬るまでもないと見なし、一撃の下に殴り倒そうというのだ。

ふつうの脇差で同じ真似をすれば砕けてしまうが、無頼の徒が持ち歩く長脇差の鞘は鉄輪《かなわ》を嵌《は》めて補強してある。

鐺《こじり》も鉄製であり、かすっただけでも無事では済むまい。

「む……！」

堪《たま》らずに恐怖の呻きを上げながらも、武士は懸命に刃引きを振り下ろす。

一瞬の後、どっと地回りが打ち倒された。

頭上からの一撃が、僅差で決まったのだ。

地回りを倒した刀身は、ぴたりと水平に止まっていた。

左手を主、右手を従として柄《つか》を握り、肘を縮めることなく加速させて打ち込みながらも振りっぱなしにせず、手の内《うち》を締めて静止させたのである。

刃引きを用いていながらも、この武士は刀で斬る術《すべ》を心得ている。

袈裟《けさ》に振り下ろしたのが本身であれば相手の骨を砕くだけでなく、一刀の下に絶命させていたに違いない。

据物斬《すえものぎ》り——刀剣の切れ味を検分する、試し斬りの技を身に付けていればこそ為し得たことだった。

武士は再び刃引きを振りかぶる。

そのとき、すでに新手が近間にまで迫っていた。

「この野郎！　舐めた真似をしやがって!!」

「く！」

懸命に打ち下ろした刀が、鞘ぐるみの長脇差を弾《はじ》き飛ばす。

それでも相手の地回りは怯《ひる》まない。

飛ばされた長脇差に替えて抜いたのは、懐の九寸五分《くすんごぶ》。

長めの短刀を腰だめにするや、だっと突っ込んでくる。

体当たりしざまに刺し貫く気だ。

武士は三度、慌てて刃引きを振りかぶろうとする。

しかし、間に合わない。

辛《かろ》うじて横に跳んだ武士の脇腹を、しゃっと刃が裂く。

墨染めの着流しに、じわりと血が滲《にじ》み出る。

浅く肌を切り裂かれただけで済んだのは、単衣《ひとえ》の下に汗取りの半襦袢《はんじゅばん》を着けていたのが幸いしてのこと。

同じ夏物でも浴衣《ゆかた》一枚でいれば、深手を負ったに違いない。

「お、おのれ……」

武士の呼吸は乱れるばかり。

辛うじて刃引きを片手中段に構え、切っ先を前に向けて盛んに威嚇《いかく》してはいるものの、すっかり腰が引けてしまっていた。

得物《えもの》を右手だけで握っているのは、小競り合いをするうちに外れかけた覆面を左手で押さえていたからである。

この期に及んでいながら、顔だけは見られたくないらしい。

いずれにしても、もはや後は無い。

じりじりと間合いを詰めてくる地回りたちを前にして、武士は体力よりも戦い続ける気力が続かなくなりつつあった。

台に固定された罪人の亡骸《なきがら》、もしくは巻《ま》き藁《わら》に狙いを定め、一刀の下に断ち切る術を少々心得ていても、この武士の技倆は付け焼き刃。

動かぬ据物を斬ることはできても、腕に覚えの連中をまとめて相手取れるはずもなかったのだ。

山田一門の如《ごと》く試し斬りを本格的に学び修め、場数を踏んだ人々ならば、斯様《かよう》な窮地に置かれても速やかに脱することができるはず。

八代吉宗公に試し斬りの腕を買われ、浪人でありながら将軍家の所蔵する名刀の切れ味を試す、御様御用《おためしごよう》を代々承る山田一門は、罪人を処刑する首斬り役も兼ねている。

土壇場で恐怖の余りに思わぬ行動を取る相手と向き合い、確実に一刀で事を為すのに慣れていれば、なまじのことには動じまい。複数の敵に取り囲まれても冷静に、一人ずつ倒していけるに違いなかった。

だが、中年の武士が未熟なのは誰の目にも明らかである。

地回りたちにしてみれば、腹立たしい限りであった。

「この野郎……大して腹も据わっていねーくせに、よくも俺ら一家を虚仮《こけ》にしてくれたなぁ……」

兄貴分の地回りが、ずいっと前に進み出る。

今や皮肉な笑みは失せ、凶悪な面相を怒りに歪《ゆが》めていた。

「簀巻きになんぞするにゃ及ばねぇ。俺がこの場で引導を渡してやるぜ！」

堪《たま》らずにへたり込んだ武士に怒号を浴びせるや、長脇差を腰に取る。

しかし、鞘を払うまでには至らなかった。

鯉口《こいぐち》を切ろうとした刹那《せつな》、兄貴分の体が宙に浮く。

何者かが、跳びかかりざまに持ち上げたのだ。

「うわーっ！」

悲鳴と共に兄貴分は放り出され、盛大な水音が上がった。

「あ、兄い⁉」

地回りたちが色めき立つ。

その目の前に立ちはだかったのは、水浸しの大男。

浅黒く、彫りの深い風貌《ふうぼう》が男臭い。

褌《ふんどし》一丁の裸形で、刀を一振り背負っている。

小競り合いの最中に潜水したまま河岸まで忍《しの》び寄り、武士の窮地を救ったのだ。

「て、てめぇは何者だい！」

「ふ、ふざけやがって！」

威嚇の声を浴びせながらも、地回りたちは気圧《けお》されて動けずにいた。

男は背が高かった。最寄りの回向院《えこういん》で興行を行う江戸相撲の力士たちには及ばぬまでも、身の丈が六尺近くもあれば、堂々たる巨漢と言っていい。

背が高い上に、体付きもたくましい。

全身の筋が太く、引き締まっているのが夜目にも分かる。

見返す眼光も鋭かった。

太い眉《まゆ》をきっと吊り上げ、凛《りん》とした瞳を半眼にしている。

双眸《そうぼう》を細め、遠くを見渡すが如く向けてくる視線は、なまじ目を剝かれるよりも威圧感が大きい。

反撃を許さぬ、隙のない目配りであった。

まだ三十そこそこにしか見えぬのに、漂わせる貫禄も並々ならぬものだった。

文字どおりの裸一貫で、持っているのは刀のみ。

その刀も簡素な黒鞘の拵《こしら》えで、大して高価には見えない。

抜いた刀身には刃が付いていなかった。

この男の得物もまた、刃引きだったのである。

地回りたちがそれを知ったのは、三人仲間が立て続けに倒された後のこと。

「うわっ!?」

「ぎゃっ!」

「ぐぇっ!」

闇に包まれた河岸に悲鳴が響き渡り、金属音が上がる。

男は骨まで折らぬように加減した一撃で失神させるか、あるいは長脇差を打ち砕いて戦意を喪失させるにとどめる余裕さえ持ち合わせていた。

同様に刃引きを用いていても、へたり込んだまま動けずにいる中年の武士とは格が違う。

「ち、畜生っ……」

「この野郎、只者《ただもん》じゃねーぜ……」

残った地回りたちが、堪らずに怯《おび》えた声を上げる。

じりっと一歩、男は前に出た。

地回りたちは大きく退く。

もはや、無抵抗の武士をいたぶるどころではない。

「お、覚えてやがれ！」

捨て台詞《ぜりふ》を残しつつ、地回りたちはあたふたと駆け出す。

気を失った仲間を担いで連れていくのは忘れずとも、打ち折られた長脇差まで拾う余裕はない。

河岸に散らばった刀身と打ち捨てられた柄を、男は無言で拾い集める。

無頼の一団を蹴散らした直後というのに、息ひとつ乱してはいなかった。

二

救われた武士はようやく、満足に動けるようになったばかりだった。

ほどけた覆面を外し、実直そうな顔を露《あら》わにする。

無頼の連中と好んで争うとは思えぬ顔付きである。

「か、かたじけない……せ、拙者《せっしゃ》は、故あって……」

「当方も姓名の儀は伏せさせていただく故、名乗られるには及ばぬ」

まだ息が荒い武士に対し、男の口調は落ち着いていた。

相手が口にしようとした言葉を、先に告げたのだ。

武士が正体を明かそうとしないであろうことは、もとより承知の上だった。

この武士が回向院の門前町を仕切る地回りたちの恨《うら》みを買う真似をして、逆に狙われるであろうことも、あらかじめ予期していた。

駆け付けるのが少々遅れてしまったものの、無事でいてくれて幸いだった。

武士の名は佐久間伝蔵《さくまでんぞう》。南町奉行所の吟味方同心である。

伝蔵の素性を、決して露見させてはならない。

こちらの正体を知られることなく説き伏せ、愚《おろ》かな所業を二度と繰り返させぬようにするのが、助太刀をした真の目的だった。

（まこと、難儀な役目を引き受けたものよ……）

胸の内でぼやきつつ、笠井半蔵《かさいはんぞう》はぶるっと巨軀を震わせた。

暑い最中のはずなのに、川面を吹き渡る風がやけに冷たい。

体が冷えるのはまずいし、いつまでも裸のままでいては人目に立つ。河岸の騒ぎが収まったと見るや、遠巻きにしていた野次馬や人足たちが周囲に集まってきたからだ。

伝蔵が追われている現場を目撃し、竪川の向こう岸に脱ぎっぱなしにしてきた着衣と所持品も気にかかる。矢立《やたて》も印籠《いんろう》もさほど高価ではなく、やはり安物の紙入れにも大した額は入っていないが、着物を万が一にも置き引きされては、佐和《さわ》から大目玉を食らってしまう。それだけは避けたかった。

いずれにせよ取り急ぎ、河岸を変えなくてはなるまい。

「気遣いは無用と申したが、ひとつ所望しても構わぬか」

「な……何でござるか……」

問われて答える伝蔵は、まだ息を乱したまま。

対する半蔵は焦りを隠し、穏やかに語りかけていた。

「ひと暴れして腹が空いた。酒まで振る舞えとは申さぬ故、少しばかり馳走をしていただこう」

「お……お安い御用だ」

「されば参ろう」

伝蔵を促して、半蔵は歩き出す。

刃引きは背中から下ろした鞘に納め、左手に提げていた。

影の御用を担う半蔵が黒装束に身を固め、この刃引きを背にして諸方に出向くのは毎度のこと。

だが、こたびは上《うえ》つ方《かた》から頼まれて動いているわけではない。
半蔵に事を頼んできたのは、南町奉行所で内与力を務める金井《かない》権兵衛《ごんべえ》。
手間のかかることだが、旧知の人物からの依頼となれば無視できない。
それに、この佐久間伝蔵という男のことが気にかかる。
年嵩《としかさ》ではあるが、どこか昔の自分に似ているのだ。
「とんだ雑作をかけてしもうて、申し訳ない」
「気にするには及ばぬ……義を見てせざるは勇なき也と申すであろう」
「い、痛み入る」
伝蔵は先程まで乱れていた息も整い、足の運びもしっかりしてきた。
何気なく返した「義」云々の一言が、よほど嬉しかったらしい。
やはり、伝蔵は思うところがあって事を為してきたのだ。
となれば、その気持ちを無下《むげ》にしてはなるまい。
何を明かされても馬鹿にせず、真面目に耳を傾けて話を聞き出すべし。
半蔵は先に立ち、竪川に架かる一ツ目之橋を渡っていく。
向かって左手に鳥居が見えてきた。
地回りたちが逃げ去った回向院の反対側、竪川を越えた先の南の橋詰は一ツ目弁天

――後の世の江島杉山《えじますぎやま》神社のお膝元。江ノ島弁財天を勧進したのは五代綱吉公の時代、鍼灸《しんきゅう》の名医と謳《うた》われた検校《けんぎょう》の杉山和一《わいち》。

管《くだ》を用いて安全に鍼《はり》を打つ管鍼《かんしん》法を編み出し、関東総検校にまで出世を遂げた和一は、この一ツ目之橋近くに二千七百坪もの屋敷地を拝領。盲人に鍼術を伝授して自立を促すための教場を設けると同時に、長年信心する弁財天を屋敷内に祀《まつ》った。そして和一の死後も社《やしろ》は残され、一ツ目弁天として界隈《かいわい》の人々の信仰を集めるに至っていた。

対岸に着いたとき、伝蔵はホッとした笑みを浮かべた。

小さな橋をひとつ渡りきったところで、安全というわけではなかった。怒りの納まらぬ地回りが頭数を揃《そろ》え、いつ後を追ってくるか分からないのだ。

もちろん、半蔵が側に付いている限りは、危険なことなど有り得まい。

そんな安堵《あんど》の念があればこそ、表情も柔らかくなったのだろう。

ともあれ、気が緩んだのはいいことだ。

更に気分をほぐしてやった上で、説得を進めよう。

口を軽くするには、やはり酒が欠かせない。

笠井家代々の名刀を無くして佐和に叱《しか》られ、反省のしるしに禁酒を誓わされた矢先だけに気が引けたが、やむを得まい。

橋の袂《たもと》に立った半蔵は、くるりと振り向く。

「……今ひとつ所望しても構わぬか」

「何なりと申されよ」

「肌を晒《さら》して少々冷えてしもうた。やはり一献《いっこん》、振る舞うてはいただけぬか」

「ははは、お安い御用だ」

伝蔵は気前よく答えた。

しかし、続く言葉はいただけない。

「ならば、娼妓《おんな》のいる店にいたすか」

「いや、それは結構」

「遠慮するには及ばぬぞ。金猫銀猫、選り取り見取りぞ」

そう言って伝蔵が仰いだ先は、向かって右手に拡がる一ツ目弁天の門前町。

ここ一ツ目弁天の界隈は、隣接する回向院にも劣《おと》らぬ繁華街。老中首座《しゅざ》で堅物の水《みず》野《の》越前守忠邦《ただくに》が寛政の改革を手本とした奢侈《しゃし》禁止令の手前もあって、表向きはひっそりしているものの、昔ながらの愛称で「金猫」「銀猫」と呼ばれる娼妓たちを密かに抱える店が多い。

かつては一時の歓を求めて足を運んだこともある半蔵だが、何だかんだと言いながらも夫婦の仲が良好になってきた今は、遠慮したい。

煩悩《ぼんのう》に流されず、今宵《こよい》は説得に専念すべし。

「されば、あの店にいたそう」

「あ、あれで良いのか？」

ありふれた煮売屋を指差され、伝蔵は呆気《あっけ》に取られる。

親爺《おやじ》が一人で営んでおり、酒も肴《さかな》も客が自分で板場の前まで取りに行かなくてはならない類の、もとより女っ気など皆無の店だ。

こちらが勘定を持つと言われていながら、なぜ遠慮をするのか。

「呑ませてくれれば何処でも構わぬ。さぁ、入った入った！」

戸惑う伝蔵の背中を押して、半蔵は煤《すす》けた縄暖簾《なわのれん》を潜《くぐ》っていく。

門前町の夜が更け行く中、じっくりと話を聞かせてもらうつもりであった。

三

同じ日の昼下がり、半蔵は数寄屋橋《すきやばし》御門内にある南町奉行所を訪れていた。

旧知の権兵衛に頼まれたのは一人の同心の素行を調べ、その身を護ること。

佐久間伝蔵にかけられた疑いは太平の世の武士、しかも町方役人にあるまじき所業だった。

「辻斬《つじぎ》り、にござるか？」

「左様《さよう》。正しくは辻打ちと申すべきであろうが、な……。夜の盛り場へ足繁く出向き、不逞《ふてい》の輩《やから》を刃引きで打ち倒しておるとの由《よし》じゃ」

「まさか……」

「儂《わし》も信じたくはない。ところが今朝方、奉行所に投げ文《ぶみ》があってな」

「投げ文？」

「これじゃ」

権兵衛が拡げて寄越した半紙には、読みづらい仮名文字で、

みなみのぎんみかた　さくまでんぞうはつじぎりなり
はびきをおびて　まいよのごとくであるいておる
つゆあけからこのかた　てきずをおわされしものはじゅうにんあまり
おとといのかわびらきでも　りょうごくばしでけがにんふたり
てをくだしたのは　さくまにそういなし

やくにんにあるまじきしょぎょう　ゆるすまじ
いつまでのばなしにしておくのか

と書かれていた。

半蔵は浅黒い顔を引き締めた。

凜とした瞳を見開き、今一度、頭から目を通す。

金釘流《かなくぎりゅう》の仮名文字を目で追うにつれて、太い眉が吊り上がっていく。

字が下手糞《へたくそ》なのはともかく、書かれた内容が内容だけに、読み進めるにつれて表情が険《けわ》しくなるのも無理はなかった。


南の吟味方、佐久間伝蔵は辻斬り也。

刃引きを帯びて、毎夜の如く出歩いておる。

梅雨明けからこの方、手傷を負わされし者は十人余り。

一昨日の川開きでも、両国橋で怪我人二人。

手を下したのは、佐久間に相違なし。

役人にあるまじき所業、許すまじ。

いつまで野放しにしておくのか——。

剣呑《けんのん》な一文を読み終え、半蔵は顔を上げた。

「……金井殿、まことに斯様なことが起きたのか？」

「両国橋については、当夜の警備に当たりし同心から裏を取った。覆面で顔を隠した賊《ぞく》が二人を昏倒《こんとう》させ、遁走《とんそう》したそうだ。もしも佐久間の仕業であれば、裏を掻いて逃げおおせるのも容易《たやす》きことであろうよ」

問いかけに答える、権兵衛の表情は硬い。

「まったく面妖な限りじゃ……花火に見とれて大川に落ちただの、酒に酔うた末の喧嘩騒ぎで怪我人が出るのは珍しくもなき話だが、物盗りでもなく、無頼の徒を打ち倒したいがために手傷を負わせる賊など、滅多に居るまい……願わくば間違いであってほしいがのう……」

溜め息を吐く権兵衛を、半蔵は静かに見返す。

今は愚痴《ぐち》を聞いている場合ではない。

「して、慮外者《りょがいもの》の行方はまだ分からぬのか」

問いかける口調も落ち着いたものだった。

投げ文を読みながら険しくしていた表情は、すでに無い。

いま為すべきは、辻斬りならぬ辻打ちの行方を一刻も早く突き止め、次の犯行を防ぐこと。それこそが江戸市中の治安を護る、町奉行所の使命のはずだ。

佐久間伝蔵なる同心が疑わしいのであれば、身内であろうと容赦《ようしゃ》せず、速やかに取り調べるべし。たとえ正体が誰であろうと、凶行に及んだ者を野放しにしておくわけにはいくまい。

「佐久間氏の仕業か否かはともあれ、まずは調べを付けなくては話になるまい」

半蔵は続けて問いかける。

しかし、権兵衛の歯切れは良くなかった。

「いや……」

「はきと申されよ、金井殿」

淡々としていながらも半蔵の目力は強い。

堪らずに、権兵衛は口を開いた。

「……実を申さば、調べは付けておらぬ。これまでに出来《しゅったい》せし、同様の辻打ちもお構いなしといたす所存であった」

「それで良いのか」

「是非もあるまい。捨て置いて構わぬとの、お奉行の仰《おお》せなのじゃ」

「駿河守《するがのかみ》様の？」

「この辻打ちは害無き者、むしろ義士の類に相違あるまいと申されて……な」

「何と……」

半蔵は唖然とせずにいられなかった。

南町奉行の矢部《やべ》駿河守定謙《さだのり》は当年五十三歳。

五百石取りの直参《じきさん》旗本で、有事には幕軍の先鋒となって戦う御先手組の矢部家の当主として、若くして火付盗賊 改《ひつけとうぞくあらため》の長官職を三度も勤め上げた猛者《もさ》である。

良くも悪くも豪放磊落《ごうほうらいらく》な人物なのは、もとより半蔵も承知の上。

とはいえ、凶行を繰り返す輩を野放しにするとは行き過ぎだ。

まさか配下の同心だから、詭弁《きべん》を弄《ろう》して庇《かば》うつもりなのか。

そんな姿勢で、大江戸八百八町の治安を預かるとは――。

きっと表情を引き締め、半蔵は権兵衛を見返す。

先程までにも増して、視線はきつい。

躙《にじ》り寄る動きも、力強いものだった。

「金井殿……駿河守様の仰せは、佐久間氏が疑わしいと知った上でのことか？」

そうだとすれば、さすがに愛想も尽きる。

これまで信頼を預け、世間に隠れて力を貸してきた定謙との繋がりも、今日を限りとさせてもらわざるを得まい。

「ま、待たれよ」

意を決しての問いかけに、権兵衛はたじろぐ。

無礼を咎《とが》めようとしないのは、確たる理由があってのことだった。

つい先頃まで半蔵は江戸市中にはびこる悪党を密かに退治し、そのたびに手柄を譲ってくれていた。

報酬と引き替えに、事を為していたわけではない。半蔵は定謙をひとかどの男と見込み、一文も見返りを求めずに手を貸してきたのだ。

そんな陰の働きのおかげで、定謙は着任して早々に南町の名奉行と呼ばれるに至っていた。

別の手駒を定謙が重く用い始めて以来、半蔵のほうから遠慮して距離を置いているものの、二人の関係は完全に切れたわけではなかった。

勝手に呼び出したのが災いして機嫌を損ね、二度と南町に足を向けなくなっては困ってしまう。ここは正直に、事を明かさざるを得まい。

権兵衛は、やむなく口を開いた。

「実はな、笠井殿。お奉行は佐久間が疑われているのをご存じないのだ」

「されば、これなる文をご覧になってはおられぬのか」

「むろんじゃ。とてもお目にはかけられまいと思えばこそ、儂《わし》はお奉行に黙って貴公を呼んだのだ」

「それはまた、何故だ」

「お奉行のご気性は存じておろう。同心の佐久間が万が一にも手を下していたと露見いたさば、問答無用で腹を切らせるに違いあるまい。殿……いや、お奉行はそういう御方だからのう……出来ることならば、手遅れとなる前に何とか救うてやりたいのだ……」

四

訥々《とつとつ》と語る言葉を、半蔵は黙って聞いていた。

定謙に断りもなく事を判じ、半蔵まで呼び出したのはともかく、権兵衛の判断そのものは正しいと言えよう。

真相がはっきりするまで、迂闊《うかつ》なことを定謙に知らせるべきではない。辻打ちは佐久間伝蔵の仕業であると耳にすれば烈火《れっか》の如く怒り出し、重い罪に問うのは目に見えているからだ。

理由が何であれ、目下の者が勝手な真似をするのは許されない。合戦を想定して編成された武家の組織に在っては、尚のことだ。御先手組を代々務める家に生まれ、とかく士風が惰弱になりがちな太平の世で剛直に育てられ、火盗改を経て念願の南町奉行の座に着いた定謙は、上下の関係にとりわけ厳しい。半蔵のように外部から手を貸してくれる者は別として、身内と言うべき直属の家臣や配下には、甘い顔など見せはしなかった。

悪く言えば、かつて火盗の名長官と呼ばれた長谷川平蔵宣以《はせがわへいぞうのぶため》ほどの度量の広さを持ち合わせていないということだが、組織を保つために厳正さが必要とされるのも事実である。

配下の与力と同心を奮起させるべく自腹を切り、手柄を立てた者に惜しみなく報奨金を与える一方で、定謙は独断専行を許さぬのが常だった。もしも辻打ちが佐久間伝蔵だったときは容赦せず、御法破りの勝手な真似をしたと見なした上で断固たる処置をするに違いなかった。

助けられるかもしれぬ者を、見殺しにするには忍びない。

事実無根の疑いをかけられただけならば当然のこと、辻打ちに手を染めていたとしても、どうにか穏便に済ませてやりたい。

権兵衛は斯様に考え、密かに半蔵を呼び出したのだ。

ともあれ、詳しい話を聞いてみなくては始まらない。

「一昨日の夜に両国橋で打ち倒されし二人とは、そも何者なのだ」

「東詰の盛り場を徘徊《はいかい》する、質《たち》の悪い地回りどもじゃ。大川向こうに我らの目が行き届かぬのをいいことに、やりたい放題の鼻つまみ者であったらしい。本所方もさすがに放っておけず、何とか手を打とうとしていた矢先に、斯様な仕儀と相成《あいな》ってのう……大きな声では申せぬが、もっけの幸いだったのだ」

「ふむ……」

半蔵は黙り込んだ。

どうして定謙が辻打ちを捕らえさせようとしないばかりか、義士と呼ぶのかが分かったからである。

権兵衛の言うとおり、両国橋を渡った先の大川東岸は、将軍のお膝元である江戸城下ほどには取り締まりが厳しくない。

もちろん町人地には自警のために木戸番と辻番が設置され、夜間は町境の木戸を閉ざして通行を制限し、犯罪を防ぐことも行われてはいたものの、両国橋東詰を始めとする盛り場は土地の親分に委ねられ、子分の地回りたちが界隈を仕切るのが黙認されている。

一応は鞘番所《さやばんしょ》と呼ばれる詰所が置かれ、南北の町奉行所から派遣された本所方の与力と同心が交替で勤務し、移動用の船も備えていたが、わずかな人数だけで広大な本所と深川の一帯を監視できるはずもない。土地の親分の力を借りなくては取り締まりもままならず、持ちつ持たれつの間柄であるために多少のことは目こぼしせざるを得なかった。

そうやって無法無頼の博徒《ばくと》を必要悪と認めざるを得ない、町奉行所との関係を逆手に取り、取り締まりの厳しい大川の西岸から橋を渡って逃れてきた犯罪者を届け出ずに匿《かくま》ったり、あるいは自ら陰で悪事に手を出す親分は少なくない。

その配下の地回りもひどいもので、盛り場の露店ばかりか、近隣の商家にまで強請《ゆす》りたかりを働くのは日常茶飯事。田舎から奉公に出てきた純朴な娘を騙《だま》して岡場所に売り飛ばしたりと、悪辣《あくらつ》すぎる所業に及ぶ輩も多い。

正体不明の辻打ちが刃引きを振るい、川開きの喧噪《けんそう》の最中に夜の両国橋で打ち倒して昏倒させたのは、そんな地回り連中なのである。

通り魔の被害に遭った二人が町奉行所に届けを出せぬのは、日頃から後ろ暗いところがあればこそ。親分としても、泣き寝入りさせるしかあるまい。

聞けば、これまでにやられた十余人は同様の手合いばかりとのことだった。

「して金井殿、その者どもは刃引きを振るうた相手を見覚えてはおらぬのか」

「覆面をしていて、面体《めんてい》までは見ていないらしい。袴《はかま》を穿いて大小を帯びていたとなれば、士分には違いあるまいがのう」

「うーむ。その周到さは、まさに辻斬りそのものだな……」

困惑した様子で、半蔵は腕を組む。

二人きりの座敷は、しーんと静まり返っていた。

奉行所奥に設けられた、内与力たちの用部屋である。

権兵衛は朋輩に席を外させ、奉行所雇いの小者《こもの》たちも遠ざけた上で、半蔵を奥に招じ入れたのだ。

まだ昼を過ぎたばかりで、登城中の定謙は戻っていない。

表の通りから離れているため、夏場に付き物の定斎屋《じょうさいや》を始めとする、物売りの声や物音も耳には届かなかった。

時折聞こえてくるのは、蟬《せみ》の鳴き声ぐらいのものである。

閉め切った用部屋は、むっとする空気が籠《こ》もっている。

障子越しでもきつい陽射しが、半蔵の六尺近い巨軀に照り付ける。

熨斗目《のしめ》の袖口から突き出た腕は、目立って太い。裃《かみしも》を着けた肩と胸板の張りもたくましく、盛り上がった脛と腿が袴の麻地越しに見て取れた。

麻裃に半袴、熨斗目の着物は、勤め先の下勘定所に出仕するための装い。

陽の高いうちから職場を抜け出すには、工夫が要る。

権兵衛の呼び出しを受けた半蔵は、腹痛を装って早退を決め込んでいた。

影御用でもないのに上役や同僚を騙すのは心苦しいが、旧知の権兵衛から助けを求められたとあっては、無視もできない。

たしかに、これは急を要する事態だった。

南町奉行所の捕物を陰で助けていた頃と違って、このところ半蔵は江戸市中の犯罪に気を配るのを止めていた。もとより世事には疎《うと》い質であり、職場で休憩中に朋輩たちが交わしている雑談に出てくれば自ずと耳にも入るが、大川向こうの本所界隈で、しかも無頼の地回りが幾人やられたところで噂《うわさ》にはならない。

勘定所には関係のない事件も、町奉行所では大問題。

まして同心の一人がしでかした疑いがあるとなれば、奉行の側近たる権兵衛が顔色を変えたのも当然だった。

「倒されし者の頭数に場所と、斯《か》くも符丁《ふちょう》が合うているとあっては打ち捨てても置けぬ。されど佐久間を直々《じきじき》に問い質《ただ》しても、身に覚えの無きことと申すばかりでのう……」

ぼやく権兵衛にとって、仲間を取り調べるのは寝覚めの悪いことだった。

佐久間伝蔵は南町奉行所で吟味方《ぎんみがた》に属する、熟練の同心である。

吟味方同心は上役の与力を補佐して罪人を取り調べ、容疑を固めた上で裁きの場に送り込むのが仕事。犯罪者を捕らえるのは廻方《まわりかた》同心の役目であり、吟味方が捕物の現場に自ら出向いて腕を振るう必要は無い。口書《くちがき》と呼ばれる自供書を取るために、罪人とはあくまで冷静に接するのが基本だった。

そんな役目にふさわしく、伝蔵は良くも悪くも地味な男。吟味方の同心として日々の御用こそ滞りなく務めているが、目立ったところは何もなく、気性もごく穏やかだという。そんな男が辻斬りまがいの大胆な犯行に、しかも繰り返し手を染めるとは考え難い。

何よりも、家代々の職を進んで棒に振るとは思えなかった。

江戸市中の刑事と民事を司る町奉行の配下として働く同心たちの職は、表向きこそ一代限りということになっているが、実態は世襲制。立場を保障する同心株と八丁堀の組屋敷は父から子、そして孫へと受け継がれる。佐久間家も例外ではなく、わずか三十俵二人扶持《ぶち》の軽輩ながら代々の御家人であり、小なりとはいえ将軍家直参の身であった。

それが事実無根の疑いで職ばかりか家名まで失い、二百両もの高値で売り買いされる同心株まで失う羽目になっては気の毒すぎる。

斯様に判じた上で権兵衛は伝蔵を内々に呼び出し、真偽の程を問い質したとのことだったが、何を尋ねても知らぬ存ぜぬの一点張りだという。

このままでは埒が明かないが、手をこまねいているうちに凶行が繰り返されてはなるまいし、もしも現場で伝蔵が北町奉行所か火盗改、あるいは目付《めつけ》に捕らえられて南町の不祥事が発覚すれば、それこそ目も当てられない。

そこで権兵衛は半蔵に白羽《しらは》の矢を立て、本当に伝蔵が凶行に及んでいるのか否かを確かめようと思い立ったのだ。

同じ南町の与力や同心に命じることを控えたのは、関わらせた者の口から事が露見するのを防ぐためだった。

両国橋で怪我人が出た件こそ何食わぬ顔で裏を取らせたものの、伝蔵の行状について踏み込んだことを調べようとすれば、当人の名前を出す必要がある。

探索慣れした廻方同心を張り込ませ、夜が更けて外出したのを尾行させれば話は早いだろう。

しかし迂闊に命じたのが災いし、事が大きくなってはまずい。

それに、すべてを表沙汰にした後で万が一にも誤りだったと分かれば、伝蔵の面目を潰すことになってしまう。

強引に調べを進めようと急く余《せ》り、立場を失わせては取り返しが付かない。

ここは当人を含めた誰も気付かぬうちに裏を取り、事実か否かを確かめた上で穏便に事を済ませなくてはなるまい。

そんなことを頼めるのは探索の玄人《くろうと》であり、口が硬い半蔵しかいなかった。

「何とかしてもらえぬか、笠井殿。このとおり、伏してお頼み申す」

「…………」

懇願する権兵衛を前にして、半蔵は黙ったままでいた。

困ったことになったものである。

やられたのは盛り場を牛耳《ぎゅうじ》る無頼の徒ばかり、それも怪我を負わせるだけで命まで奪うに至っていないとはいえ、市中の治安を預かる町奉行所の同心が辻斬りまがいの所業に及ぶとは前代未聞。

事実であれば伝蔵が責めを負うのはもちろん、南町奉行の威信まで危うくなりかねないが、何の確証も無しに、強いて取り調べるわけにもいくまい。

裏付けを取るためには、やはり半蔵の力が必要なのだ。

「面《おもて》を上げてくだされ、金井殿」

頭を下げたままでいる権兵衛を見かねて、半蔵は口を開いた。

「拙者が思うに、これなる文は何者かが佐久間氏に遺恨を抱き、陥《おとしい》れんとした策ではないか」

「遺恨とな？」

「役人とは恨みを買いやすきものぞ。拙者の如き勘定所勤めの身には無縁なれど町方御用を務めし同心衆、それも人を裁く吟味方には大いに有り得よう。もしや無実の者を拷問《ごうもん》に掛け、強いて口を割らせたのではあるまいか」

「それこそ有り得ぬことだぞ、笠井殿」

半蔵の考えを、権兵衛は手を打ち振って否定した。

「あやつは仁杉五郎左衛門《ひとすぎごろうざえもん》と宇野幸内《うのこうない》が、手塩に掛けて育てし身。日頃の勤めに抜かりが無いのは、儂とて重々承知の上だ」

「あのお二方の教えを受けておるのか」

「左様。悪党であろうとも信じることから入る宇野の教えに則し、拷問はもとより責め問いも控え、出来得る限り痛め付けずに口書を取るのを常としておる」

「左様であったのか……ならば、余人の恨みを買うはずもあるまいな」

さすがに半蔵も得心せざるを得なかった。

権兵衛が名前を挙げたのは、共に南町で名与力と呼ばれた面々。

とりわけ仁杉五郎左衛門は、奉行の定謙に次ぐ権限を有する年番方与力の重鎮として今も現役であり、かつて配下だった伝蔵に慕《した》われているという。

人徳に厚い五郎左衛門の薫陶《くんとう》を受けた上に、吟味方の与力として長きに亘《わた》って活躍してきた宇野幸内の教えを実践する身となれば、伝蔵が性根の曲がった男であるとは思えない。

「伏してお頼み申し上ぐる。このとおりじゃ」

権兵衛は重ねて頭を下げた。

この権兵衛、最初から町方役人だったわけではない。

ほんの一月《ひとつき》前、去る四月二十八日に、主君で五百石取りの旗本である矢部駿河守定謙が南町奉行の職に就くまでは、矢部家に仕える家士頭にすぎなかった。

南北の町奉行所に十名ずつ在籍する内与力は、奉行の秘書官。他の与力や同心とは異なり、奉行が代替わりしたときに子飼いの家臣の中から選ばれた者たちが任に就く。新任の町奉行にとっては心強い存在であり、気兼ねなく手足の如くに動かせる面々だった。

かねてより家士頭として信頼も厚かった権兵衛が、あるじの定謙の名誉を守るべく与力と同心の行動に目を光らせ、不祥事を防ごうとするのは当然のこと。

事の真相はどうであれ、伝蔵が疑わしいとなれば放っておけるはずがない。

しかし、権兵衛には非情に徹しきれない面があった。

「儂は佐久間を救うてやりたいのじゃ、笠井殿……」

深々と下げていた頭を上げるや、権兵衛は訥々《とつとつ》と語った。

「もとより不真面目な者が日々の御用を怠《おこた》りて、遊び半分でかかる所業に及んでおったのならば、如何《いか》なる罪に問われようとも自業自得というものぞ。されど常と変わることなく精勤しながら、夜毎に人知れず市中に罷《まか》り出て、無頼の者どもを打ち倒しておったとなれば、よほど心に期するところがあってのはず……出来得るならば、見逃してやりたい」

人のよさげな顔をしかめ、権兵衛はつぶやく。

立場を越えて、本気で伝蔵を案じているのだ。

一方の半蔵は、伝蔵とは何の接点も持っていない。

南町奉行所そのものと、本来は関わりのない身なのだ。

年上とはいえ、権兵衛は旗本に仕える一陪臣。

対する半蔵は当年三十三歳。

百五十俵取りの小身ながら、歴《れっき》とした直参旗本である。

役職は平勘定。幕府の出入費の一切を司る勘定奉行の配下として、大手御門内の下勘定所に出仕する立場だった。

少年の頃から剣の修行一筋に生きてきて、頭を使うこととは無縁の半蔵が勘定職を代々務める笠井家へ婿《むこ》に入って今年で十年。苦手な算盤勘定《そろばんかんじょう》に取り組む羽目になるのが分かっていながら婿入りを決意したのは、家付き娘の佐和の美貌に見合いの席で一目惚《ひとめぼ》れしたのがきっかけであった。

妻への愛情がある限り、何があろうと耐えてみせよう。

揺るぎない決意の下で入り婿暮らしを始めたものの、来る日も来る日も算盤を弾くのは思った以上に辛《つら》く、佐和の性格も並外れてきつかった。

そんな日々の不満に耐えきれなくなってきたとき、勘定奉行の梶野土佐守良材《かじのとさのかみよしき》が刺客の一団に襲われる現場に遭遇。苦戦を強《し》いられながらも腕に覚えの剣技を発揮して良材を護りきり、自らも生き延びたのは去る二月のこと。

あの事件をきっかけに腕を見込まれ、良材から影御用と称する密命を下されるようになった半蔵だが、上つ方の思惑《おもわく》に翻弄《ほんろう》されるばかりで苦労は絶えない。

それでも、今までは砂を嚙むが如くだった日常が一変し、充足感を覚え始めたのは事実。半蔵が変わるにつれて、佐和との夫婦仲も良好になりつつあった。

あるいは佐久間伝蔵も、変わりたいのではないか。

辻斬りならぬ辻打ちを繰り返し、現状を脱するきっかけにしようとしているのではあるまいか。

いずれにしても慎重に、かつ速やかに裏を取る必要があった。

内部で穏便に処理できなければ、南町奉行の威信は地に落ちる。下手をすれば定謙は有無を言わせず罷免《ひめん》され、念願叶って手に入れた町奉行の地位を失ってしまいかねない。内与力である以前に矢部家の臣として、権兵衛はどうあっても事が発覚するのを防ぎたいのだ。

そのために半蔵の助けが必要と思えば、必死で頭を下げるのも当然だろう。

「面を上げてくれぬか、金井殿……」

「えっ」

「このままでは話も出来まいぞ」

告げる口調に、もはや迷いは無い。

権兵衛の熱意に応えたいし、伝蔵の真意も気にかかる。

それに、定謙のことも放ってはおけない。

こんなことで、あの男に立場を失わせたくはなかった。

定謙は半蔵にとって、町奉行にふさわしい無二の人物。

向こうが頼りにしておらず、お節介と思われようと構うまい。

影御用に非ざることでも手を抜かず、力を尽くすべし。

そう心に決めていた。

第二章　男たちの葛藤

一

小半刻《こはんとき》の後、半蔵は南町奉行所を後にした。

「くれぐれもよしなに頼んだぞ、笠井殿……」

人目を憚《はばか》って小声で告げる権兵衛に見送られ、裏門から表に出る。

もうすぐ下城する定謙の戻りを待ち、挨拶《あいさつ》だけ交わしてはどうかと勧められたが丁重に断った。

今の定謙が、半蔵を必要としていないのは事実である。

三村《みむら》兄弟が新たな影の力となって、支えているからだ。

この春に同心株を得て、南町奉行所に出仕し始めた弟の右近《うこん》と、外部から協力する兄の左近《さこん》は、揃って類《たぐ》い希《まれ》な剣の手練《てだれ》。

あの兄弟を遣わしたのは、目付の鳥居《とりい》耀蔵《ようぞう》だった。

右近と左近が命じられたのは、定謙を失脚させること。

定謙を好ましく思わぬ老中首座の水野越前守忠邦が信頼を預ける耀蔵、そして同じく忠邦の傀儡《かいらい》である勘定奉行の梶野良材こそ、南町奉行の地位を脅かす危険な存在だという事実に、当の定謙はまったく気付いていない。

耀蔵と良材は、念願の職に就くのを助けてくれた恩人。

愚直にも、そう思い込んでいるのだ。

良材に関しては腹に一物を持っており、町奉行職に推薦したのは何かよからぬことに利用するためではないかと気付き、半蔵の進言もあって警戒し始めた定謙だが、耀蔵にはまだ信頼を預けている。未だに右近を南町奉行所から追い出さずにいるのも、抱え主の耀蔵を盟友と思っていればこそなのだ。

半蔵にとっては敵でしかない男も、定謙には頼もしい存在であるらしい。

再び忠告をしたところで、上手くいくとは考え難い。

去り際に、半蔵は権兵衛に念を押してみた。

『三村殿に任せれば話も早いのではないかな、金井殿』

『いかん、いかん』

権兵衛は慌てて手を打ち振った。

『これは南町の者には頼めぬことぞ。まして三村右近など以《もっ》ての外《ほか》じゃ』

『何故に用を為さぬのか。三村殿は能長《のうた》けし者なのであろう？　さもなくば一介の見習いから、早々に廻方に取り立てられるはずもあるまい』

『それが違うのだ、笠井殿。あやつはとんだ食わせ者だったのだ』

『食わせ者とな？』

『貴公も承知の万年青《おもと》組の一件辺りまでは真面目に御用を務めておったが、近頃は手抜きも甚《はなは》だしくてのう』

『まことか』

『間違いであってくれれば良いと、幾度も思うたものよ……』

唖然とする半蔵に、権兵衛は苦り切った顔で言ったものだ。

『御用に精を出すどころか、遅刻早退は当たり前。市中見廻りも手を抜いて、暇さえあれば茶屋で居眠りを決め込んでおる。儂《わし》が咎《とが》め立てしても、これは変事が出来せし折に備え、体を休めておるだけのことでござると笑って申し開きをする始末でのう……まったく、話にならぬわ』

『左様《さよう》にござったか……』

半蔵にしてみれば、耳の痛い話だった。

つい先頃まで勘定所で昼行灯《ひるあんどん》呼ばわりされており、佐和のためにと苦手な算盤勘《そろばんかん》定《じょう》に励んでいる今も、仮病を使っては職場を抜け出している。

今日も腹痛を装って、早退を決め込んだのである。

それにしても、右近は一体どうしたのか。

耀蔵の意を汲んで南町奉行所に入り込み、何やら事を起こそうとしているはずなのに、どうして昼行灯に成り下がるのか。

真意はどうあれ、そんな真似をしていれば周囲が匙《さじ》を投げるのも当たり前。

さすがの定謙も、もはや庇《かば》いきれないらしかった。

『そういう次第でな、我らが再三のご注進をお奉行もお酌《く》み取りくださり、三村めは見習い同心に格下げと相成《あいな》った。とは申せど腕が立つのは皆も承知しておる故な、いざ捕物出役《しゅつやく》となった折に備えて、廻方に留め置いてはあるがのう』

『成る程……』

それはそうだろうと半蔵は思う。

信頼を預けている限り、右近を手放すはずがない。

三村兄弟は腕が立つ。

兄の左近は、とりわけ凄腕《すごうで》だ。

邪剣を振るう右近も手強いが、左近の腕前は本物。

正統派の剣客であり、強いだけでなく心胆も錬れている。

今のままの半蔵では、手も足も出ないだろう。

手練揃いの兄弟が本腰を入れて合力し始めたとなれば、定謙が安堵して半蔵の助けを必要とはしなくなったのもうなずける。

寂《さび》しいことだが、仕方あるまい。

ここは気持ちを切り替えて、佐久間伝蔵の件に臨むべきだった。

上《うえ》つ方《かた》以外のために動くのは、初めてである。

かつてない経験に半蔵は昂《たか》ぶりを覚えていた。

持てる力を行使する機会を得るのは、やはり気持ちいい。

愛妻のためとはいえ、やはり勘定所勤めは半蔵にとって、満足を得られるものではないからだ。

日々算盤を弾《はじ》き、書類をまとめ、上役の組頭に報告する。

現場に出られるわけでもなく、それでいて気苦労は多い。夜を徹して勘定を合わせる必要もしばしば生じるため、気力だけでなく体力も必要とされる。

外部から見れば楽と思える職も、半蔵にとっては苦痛でしかなかった。

しかし、笠井の家名を背負っている限りは辞められまい。

佐和との間に男子を授かり、その子どもに家督と代々の職を継がせるまで半蔵の役目は続くのだ。

妻への愛情が尽きぬ限りは踏ん張れるし、そうしなくてはならないと思う。

だが、気を晴らすことも必要だ。

腕に覚えの剣の技、そして御庭番《おにわばん》あがりの亡き祖父——生家の村垣《むらがき》家を大いに栄えさせた村垣定行《さだゆき》に仕込まれた、忍《しの》びの術を思うがままに振るうことができる影御用は、半蔵にとって格好の気散じとなっていた。

むろん、責任を伴うのは承知の上。

誰から頼まれたのであれ、疎《おろそ》かにしてはなるまい。

さて、如何《いか》に解決するか——。

数寄屋橋《すきやばし》を後にして、半蔵が向かった先は呉服橋《ごふくばし》。

北町奉行所のお膝元である。

目指すは、界隈《かいわい》で人気の煮売屋『笹《ささ》のや』。

昼下がりの板場では、梅吉《うめきち》が仕込みの最中だった。

二

「おやサンピン、昼日中からどうしたんでい？」

「嫌みを申すな。毎度のことであろう」

「へへっ、違いねーや」

整った顔を、ふっと梅吉は綻ばせる。

嫌みを垂れるのは常のとおりだが、以前よりも態度が柔らかい。

奥から姿を見せたお駒《こま》も同様だった。

「あら旦那、いらっしゃい」

客に愛想を振り撒くときにも増して、童顔に浮かべた笑みに邪気は無い。

「ここんとこ顔を見せてくれないからさぁ、お見限りだと思ったよぉ」

「ふっ、心にもないことを申すな」

苦笑しながらも、半蔵が浮かべる表情は明るい。

つい先頃までは持ちつ持たれつ、腹を探り合う付き合いでしかなかったことを思い起こせば、お駒も梅吉も別人の如《ごと》く、態度が違う。

以前はとげとげしくされていたのも、無理はなかった。

一年半前に店開きして以来、朝は一椀十六文の丼物、夜は値が手頃で美味《うま》い酒と肴《さかな》が評判を呼んで客足の絶えない『笹のや』だが、実のところは上方《かみがた》から出てきた訳ありの二人が江戸市中に身を潜《ひそ》め、本懐を遂げるための拠点だった。

女将《おかみ》のお駒は、夜嵐《よあらし》の鬼吉《おにきち》と異名を取った盗賊に育てられた娘。

そして板前の梅吉は亡き鬼吉一味で小頭を務めていた、霞《かすみ》の松四郎《まつしろう》の倅《せがれ》。

上方でいっぱしの盗っ人となった二人が足を洗い、江戸に下った目的は親の仇《かたき》を討つこと。

半蔵が合力している矢部定謙こそが、憎むべき仇なのだ。

定謙は火盗改だった頃、鬼吉一味の隠れ家に自ら乗り込んで、頭の鬼吉と小頭の松四郎を斬《き》り捨てた男。

憎い仇を、簡単に許せるはずもない。

そんな二人が定謙を見逃しているのは、南町奉行の大任を全うするまで待って欲しいと半蔵に説得されたからである。

もしも半蔵が仇の配下であれば、最初から聞く耳など持ちはしない。邪魔立てすれば定謙ともども討ち取るまでのことだった。

定謙に欲得抜きで力を貸し、名奉行になってほしいと願う半蔵の純な気持ちに半ば呆れながらも心を動かされ、いざ本懐を遂げるときには邪魔をしないと約束させた上で、ひとまず手出しを控えているのだ。

それに、半蔵はお人好しではあるが腕が立つ。

その腕前に、お駒と梅吉は危ないところを幾度も救われてきた。

素直に感謝していればこそ、二人は半蔵の影御用にも手を貸している。

だが、今日の用向きは首を傾《かし》げざるを得ないものだった。

「それじゃ旦那、地回りを襲ってたのは南の同心なのかい」

「そうと決まったわけではない。確かめた上でなくては、はきとは申せぬ」

「で、後を尾《つ》けようってのかい」

「左様。愚《おろ》かな所業に及んでおるならば、二度と繰り返させてはなるまい」

「ったく、ご苦労なこったねぇ」

「姐《あね》さんの言うとおりだぜ、サンピンよぉ」

板場から、梅吉の呆れた声が聞こえてくる。

「そんな奴、どうなろうと知ったこっちゃねーよ。お前さんも放っておけばいいじゃないか」

「そうはいかぬ。万が一にも佐久間氏の仕業であれば、累《るい》はお奉行にまで及んでしまうのだからな」

「馬鹿な同心の不始末で、詰め腹を切らされるってのかい」

「そういうことだ。本当にお腹を召されるまでには至るまいが、下手をいたさば御役御免になりかねまい」

「ふーん……」

お駒は何やら思案し始めた。

梅吉は口を閉ざし、黙々と包丁を遣っていた。

やむなく、半蔵も押し黙る。

気まずい沈黙が店の中を支配する。

先に沈黙を破ったのはお駒だった。

「……だめ、だめ。やっぱり放っとけないよ、梅」

「あっしもそう思いやすぜ、姐さん」

我が意を得たりとばかりに包丁を止め、梅吉は微笑《ほほえ》んだ。

南町奉行の職を解かれ、落ち目になった定謙を討ったところで、張り合いなど持てるはずもない。

敵は大きければ大きいほど、倒す甲斐《かい》があるというもの。

定謙の名声が頂点に達したときこそが、本懐を遂げる頃合い。

そんな二人の思惑《おもわく》など知る由《よし》もなく、半蔵は笑顔を浮かべた。

「されば手伝うてくれるのか、おぬしたち？」

「仕方あるめぇ、一肌脱いでやるよ」

「そうそう」

気のいい笑みを返す梅吉の横で、お駒も微笑む。

「それで旦那、あたしらは何をすればいいんだい」

「まず拙者《せっしゃ》が佐久間に当たってみる故、後詰めを頼めぬか」

「ごづめ？」

「拙者が当たりを付けた後に、如何に動くか見届けてもらいたいのだ」

「成る程ねぇ。二手に分かれて攻めようってわけかい」

お駒はにやりと笑う。

梅吉もどことなく楽しげだった。

二人は勝手な都合だけで、半蔵に手を貸すわけではない。

少々間が抜けていても、やはり半蔵は好もしい。

そう思えるのには、今一つの理由があった。

「ねぇ旦那、奥方様にもう一遍お出でいただくわけにはいかないかい」

「えっ」

「もうちっと料理を習いたいのさ。ねぇ、いいだろう？」

「ははは、お駒姐さんともあろう者の言い種とも思えぬなぁ」

半蔵は思わず苦笑した。

佐和は、つい先頃まで『笹のや』で仕込みを手伝っていた。

良材から影御用を命じられて、半蔵が江戸を離れていた間のことだった。

お駒と半蔵が浮気をしているのではないかと疑い、文句を付けるつもりで足を運んだところ、梅吉が怪我で寝込んでいたために成り行きでそうなったのだ。

佐和は善くも悪くも、自分で決めたことはやり通す質《たち》。

板前に寝込まれて店を開けられずにいた窮状を見かねて、そしてお駒が半蔵の相手をするような女人ではないと察した上で、手を貸してやったのである。

梅吉が回復した今は手伝いなど不要のはずだったが、お駒は執拗《しつよう》だった。

「ねぇねぇ、旦那から頼んでおくれよぉ」

最初は犬猿《けんえん》の仲だったはずの佐和を、すっかり気に入ったらしい。

決心を貫く性分なのは、このお駒も同じこと。

立場も歳も違うが、佐和と似ているのだ。

そんな二人を見守るのは微笑ましいことだが、安請け合いはできかねる。

先だって『笹のや』が襲われた事件に巻き込まれ、女好きの本庄茂平次《ほんじょうもへいじ》に無体《むたい》をされかけて懲《こ》りた佐和は、二度と足を運ぶつもりはないという。

どうしても料理を習いたいと言うのであれば、逆にお駒が駿河台《するがだい》の屋敷まで足を運ぶしかあるまい。

いずれにしても、佐和の意向を確かめた上のことである。

半蔵は話をはぐらかすことにした。

「そんなことより飯をくれぬか。菜《さい》は有り合わせで構わぬ」

「ちょっとぉ、まだ口開け前なんだよ」

お駒が呆れた声を上げる。

「そう申すな。中食《ちゅうじき》を食いそびれてしもうたのだ」

「大食らいのくせに一体どうしたのさ」

「例によって、下り腹を装うたのでな……常の如くに喰らうておっては疑われてしまうではないか」

「ったく、しょうがないねぇ」

お駒は童顔をしかめた。

嫌そうな顔をしながらも、板場に向かう足取りは軽い。

梅吉は早々に飯櫃《めしびつ》の蓋を開け、杓文字《しゃもじ》を握る。

一升は入る大きなおひつは、銅の箍《たが》までぴかぴかに磨き上げてある。

半蔵が店に来る間際に炊き上げて保温しておいた飯は程よく蒸れており、米の一粒一粒がつやつやしていた。

丼に高々と盛り上げた飯に添えて出したのは、即席の小鉢が二品。

ひとつは貝割れ菜に削り節をたっぷり盛って、生醤油をかけ回したもの。

そして細切りにした大根に塩をやや多めに振り、揉《も》んで水気を切ったのを梅肉で和《あ》えた上に、刻んだ紫蘇《しそ》を散らした一品だった。

いずれも有り合わせの材料で、サッと拵《こしら》えただけである。

梅吉が手際よく拵えた菜と飯を盆に載せ、お駒は半蔵のところに運んでいく。

「こんなもんしかないけど、いいのかい」

「十分だ。有難く、馳走《ちそう》になるぞ」

半蔵は笑顔で箸を取った。

屋敷で佐和が気が向くと拵えてくれる、凝った手料理も好もしいが、こうした手軽で飯に合うおかずも堪《たま》らない。

「うむ……美味い」

嬉々《きき》として箸を進める半蔵を、お駒と梅吉は笑顔で見守っていた。

つくづく、笠井半蔵とは不思議な男である。

矢部定謙ら権力者同士の争いに巻き込まれ、抜き差しならない立場に置かれていながら、わが身の危険など気にも留めていない。

上つ方に媚《こ》びることなく飄々《ひょうひょう》とした姿勢を貫きながらも、佐和とお駒、梅吉の身に危険が及べば、駆け付けて護ってくれる。

この男には、欲が無いのだ。

しがない婿《むこ》養子の身であり、性に合わないはずの勘定所勤めに嫌気が差していながらも、日々の暮らしと関わる人々を見捨てようとはしないのだ。

その気になれば上つ方に腕を売り込み、宿敵である三村兄弟の如く、気楽に生きることもできるはず。

だが、半蔵はそうせずにいる。

勘定所勤めを十年も続けてきたのは笠井の家付き娘であり、代々の職に誇りを持っている佐和を愛していればこそ。

お駒と梅吉が盗っ人上がりで、定謙を仇と狙っているのを承知していながらも見逃してくれているのは正体を知る前から店の常連であり、若い命を無為に散らせたくはないと願えばこそであった。

頑健な肉体に似合わず気弱なところがあり、間抜けな部分も目に付くが、実のところは誰よりも強く、優しい。

そんな半蔵を信じて、お駒と梅吉は手を貸してきた。

こたびの一件も、解決に至るまで助勢するつもりである。

ともあれ今は腹を満たさせ、気持ちよく送り出してやるのみ。

「もう一膳どうだい、旦那ぁ」

「いや……もう十分だ。これより一仕事するとなれば。腹八分目にしておかねばなるまいよ」

お駒の勧めを断り、半蔵は丼を置いた。

飯を山盛りにした丼はもとより、二つの小鉢もきれいになっていた。

（これで腹八分目かい……ったく、佐和様も大食らいの旦那で大変だねぇ）

くすっと笑みを誘われながら、お駒は胸の内でつぶやく。

こんな男が、亭主になってくれたら楽しいはず。

失笑を漏らしつつも、そんなことを想っていた。

三

かくして腹拵えを済ませた半蔵は本所へ赴き、佐久間伝蔵の窮地を救ったのであった。

だが、これですべてが片付いたとは半蔵も思っていない。

もとより頭の冴えは剣術の腕に及ばず、無能な婿殿と長年見なされてきた半蔵だが、図らずも影の御用を仰《おお》せつかる身となる一方、本腰の入った佐和に厳しく鍛えられたことにより、それなりに勘が働くようになってきた。

大して腕が立つわけでもなく、粗暴な質に非ざる伝蔵が何のために、夜な夜な辻斬りまがいの所業を繰り返したのか。

真相を突き止めなくては、一連の騒ぎを起こした張本人として、南町奉行所に引き渡すわけにもいかなかった。

動機であるらしい「義」とは、果たして何なのか。

偶然にとおりかかって助けたと装い、礼に馳走してくれとせがむ振りをして一ツ目弁天前の煮売屋に連れ込んだ半蔵は、脇腹の傷の手当てを済ませた伝蔵と酒を酌み交わしながら、本音をさりげなく聞き出すつもりだった。

だが、敵もさるものである。

犯罪者を尋問する吟味方だけに、なかなか尻尾《しっぽ》を出そうとしない。

しかも、悪いことに半蔵より酒が強かった。

浅手とはいえ刀傷を負ったはずなのに、すこぶる健啖《けんたん》でもあった。

「遠慮は無用と申したであろう。さぁ、グッと開けてくれい」

「う、うむ……」

懸命に杯を空にする半蔵は、地黒の顔がすっかり赤くなっていた。

出がけに『笹のや』で十分に腹拵えを済ませた上で、田楽豆腐など軽い肴をつまみながら呑んでいたというのに、根っから酒に弱いのだ。

酩酊《めいてい》しても、半蔵は探りを入れるのは忘れない。

「そ、それにしても、貴公は強いのう……」

「いやいや、大したことはあるまい。姓名は明かせぬが、一昨年に隠居した上役などは品のいい顔をしていながら、軽く五合はいけるからの」

どうやら、半蔵も面識のある宇野幸内を指しているらしい。

吟味方の名与力と呼ばれた幸内は、かつて南町奉行所で年番方与力の仁杉五郎左衛門と双璧を成していた人物。半蔵と同じ天然理心流《てんねんりしんりゅう》を学んだ北町同心の高田俊平《たかだしゅんぺい》を可愛がっており、隠居した今も捕物に知恵と腕を貸してやっている。

そういえば、幸内の隠居所は目と鼻の先の新大橋界隈ではないか。

とぼけて連れて行けば、伝蔵はどうするだろうか。

酔った頭で、半蔵は思案を巡らせた。

(宇野のご隠居か……まさか俺にまで、手を貸してはくれぬであろうなぁ……)

先だって俊平と仲違《なかたが》いをしたことは、幸内も承知の上のはず。

半蔵の落ち度で、北町奉行所が追っていた盗っ人を死なせてしまったからだ。

万年青組と称していた一味は盗みはすれども人を殺さず、豪商から奪った金の一部を貧しい者たちにばらまくことも忘れぬ義賊《ぎぞく》であった。

もしも北町に御用鞭《ごようむち》（逮捕）にされていれば、死罪は免れぬにしても、奉行の遠山《とおやま》左衛門尉景元《さえもんのじょうかげもと》は可能な限りの温情を示していたに違いない。

ところが、万年青組は全員が斬殺されてしまった。

盗賊はすべて悪と断じ、厳しい態度で臨む火盗改あがりの矢部定謙から密命を受けていた、三村右近がやったことである。

半蔵が動いているのを知っていながら、右近にも命を下したのだ。

定謙にしてみれば半蔵と右近、二人の腕利きに並行して探索させ、万年青組を確実に壊滅させたかったのだろう。日頃から張り合っている北町奉行所に手柄を持って行かれるのも、避けたかったに違いない。

そんな定謙の思惑はどうあれ、半蔵は俊平と険悪な仲になってしまった。

師匠こそ違えど、一回り年下の俊平は可愛い弟弟子。気性もさっぱりしていて好もしい青年である。

これまでの付き合いが保たれていれば、俊平を介して幸内に力になってもらうことも可能であった。

それに幸内は隠居したとはいえ、かつては南町の名与力だった男。古巣で問題が起きていると知れば無視できずに、手を貸してくれたことだろう。

しかし、今の状況では話を持ちかけるのも難しい。

すべてが半蔵の責任ではないとはいえ、万年青組の面々を無惨に死なせたことに幸内は呆れ、直に苦言を呈されてもいた。

とても合力してくれるとは思えぬ以上、とぼけて伝蔵を連れて行ったところで無駄足に終わるだけのはず。

それにしても解《げ》せないのは、凄腕とは言えない伝蔵が据物斬りの技を心得ていることだった。

内勤の身に、剣の腕など無用のもの。

職場こそ違えど、承知の上のことである。

まして、試刀術を学べる場所は限られている。

酔いが回った頭を振り振り、半蔵はさりげなく問いかけた。

「ところで貴公、如何にして腕を上げたのだ」

「酒のことか？　それは底なしの上役に付き合わされておるうちに、自ずと量が進むようになっただけのことだよ」

「いやいや、そうではない」

勘違いをされながらも、半蔵は負けじと食い下がる。

狭い煮売屋に他の客は誰も居らず、親爺も腰掛け代わりの空き樽《だる》に座ったまま居眠りを始めていた。

すでに夜はすっかり更けている。ほろ酔いになり、腹拵えも済ませた男たちは娼妓《しょうぎ》を置いている店々に繰り出した後だった。

話を聞かれる恐れさえ無ければ、剣呑《けんのん》な話題を切り出しても大事はあるまい。

幸いなことに、酔いも少しずつだが醒《さ》めつつあった。

親爺が眠り込んでいる間に、話を聞き出すべし。

意を決するや、半蔵はずばりと切り出した。

「拙者が言うておるのは、貴公の据物斬りの腕のことよ」

「おぬし、見ておったのか……」

「左様……水際から助けに入る間際にな。あれは、山田流の様《ため》し剣術であろう？」

「……ふっ、よくぞ見抜いたな」

伝蔵は溜め息を吐いた。

「実を申さば、あれは若い頃に一時だけ学ばせて貰《もろ》うたものよ。子細は申せぬが役目の上で、山田様とは些《いささ》か付き合いがあったので、な」

「左様であったのか……」

たしかに、町奉行所勤めであれば有り得ることだ。

山田家の当主が代々務める罪人の首斬り役は、南北の町奉行から要請された上で執り行われる。同心として連絡役を務めていれば役目を越えて交流し、平河町の屋敷に出入りして、腕を磨かせてもらう機会を得られたはずだ。

山田家は自ら処刑した罪人の亡骸《なきがら》を下げ渡され、試し斬りなどに利用する特権を一手に握っている。江戸において公に刑死となった者の遺体はすべて、平河町の屋敷に集められる仕組みとなっていたのだ。

つまり、亡骸を相手に据物斬りの腕を磨ける場所は、山田家しか有り得ない。

そんな推理を裏付けるかの如く、伝蔵はつぶやく。

「亡骸とは申せど、生身の人間を斬るのは覚悟が要る……私も最初は耐えきれず胃の腑の中身を洗いざらい、ぶちまけてしもうたよ」

「ううむ。様剣術とは、斯《か》くも至難なものなのだな……」

「なればこそ、長続きはしなかったのだ。山田様の御先代から筋がいい、弟子にならぬかと勧めて貰うたが、謹んでお断り申し上げたよ」

伝蔵は懐かしげに目を細める。

思い出話を始めたことで、ようやく口が軽くなってきたのだ。

その機を逃さず、半蔵は問いかけた。

「されば何故、貴公は今になって腕を磨いておるのだ?」

「えっ」

「地回りどもに据物斬りの技で立ち向かうたのは、思うところがあってのことであろう」

「…………」

伝蔵は黙り込んだ。

どうやら図星であったらしい。

この男の目的は、単なる憂さ晴らしとは違う。

先程から言葉を交わすうちに、半蔵はそう確信していた。

回向院《えこういん》界隈を始めとする市中の盛り場に出向いて、それなりに腕の立つ連中を選んで相手取ってきたのも、腕を磨くためだったと見なせば得心が行く。

それに佐久間伝蔵は、軽はずみな真似をする質ではない。

なればこそ相手が無頼の徒でも命は奪わず、斬れぬ刃引きを用いていたのだ。

昔取った杵柄《きねづか》の据物斬りの腕に、いちから磨きをかける。

そして、何者かを討ち果たす。

そんなことを考えているのではあるまいか。

ところが伝蔵は相変わらず、口を閉ざしたままであった。

（困ったのう……）

半蔵は、急いて問いすぎてしまったらしい。

忍びの者の体術は会得していても、口を割らせる方法までは知らない。

むしろ伝蔵のほうが拷問に頼ることなく、黙秘する者を喋《しゃべ》らせる術を承知しているのだから、皮肉なものだ。

気まずい沈黙が、狭い店の中に満ちていく。

聞こえてくるのは、親爺の鼾《いびき》ばかりである。

と、伝蔵がおもむろに膝を正した。

「世話になったな……重ねて、心より礼を申すぞ」

身許《みもと》が割れているとは知る由もなく、伝蔵は深々と頭を下げる。

慇懃《いんぎん》そのものの態度だった。

されど、半蔵がすべてを明かせば態度を豹変《ひょうへん》させるのは目に見えている。

ここで怒らせてしまったところで、何にもなるまい。

「貴公の恩はゆめゆめ忘却仕らぬ……御免」

伝蔵はすっと立ち上がった。

眠りこけた親爺に歩み寄り、勘定の銭を傍《かたわ》らにそっと置く。

「ま、待たれよ」

半蔵も慌てて腰を上げ、縄暖簾《なわのれん》を潜《くぐ》る伝蔵の後を追う。

しかし、追い付くことはできなかった。

行く手を阻《はば》むかの如く、路地から一人の武士が現れたのだ。

「余計な真似はこれまでにしてもらおうか」

「お、おぬしは……」

半蔵は目を剝いた。

「ふん、慌てておるのか」

うそぶく武士は目鼻立ちの整った、六尺近い美丈夫だった。

装いは黄八丈の着流し姿。

大小の刀を落とし差しにして、脱いだ黒羽織を肩に掛けている。

後ろ腰には、緋房の十手《じって》を差していた。

だらしない態《てい》をしていながら、悠然とこちらを見やる所作に隙は無い。

「先頃まで江戸を離れておったらしいの……ふん、久しぶりと申すべきかな?」

年下ながらもふてぶてしい武士の名は三村右近、二十八歳。

佐久間伝蔵と同じく南町奉行所に属する、廻方同心である。

とはいえ権兵衛によると職務怠慢が祟《たた》り、見習いに格下げされたはず。

それが相も変わらず御成先御免《おなりさきごめん》の着流し姿で、黒羽織と緋房の十手まで持っているのはなぜなのか。

しかも伝蔵の身辺に張り込んでいたかの如く、忽然《こつぜん》と姿を見せたのか。

不可解な行動の理由は、当人の口から明かされた。

「笠井、うぬは内与力の金井に頼まれて動いておるのであろう?」

「む……」

「ふん、何も申さぬということは図星だな」

答えられぬ半蔵を鼻で笑い、右近は続けて言った。

「余計な気を回さずとも、佐久間には指一本触れさせぬ……。人の出番を横取りしおって、つくづく目障りな奴よ」

「何と申す?」

「うぬが地回りどもを叩き伏せておったのは、一部始終見ておったよ。芝居でもあるまいに勿体ぶって水の中から現れおって、小賢《こざか》しいわ」

文句を並べ立てながらも、右近は笑みを絶やさない。

対する半蔵は焦っていた。

こうして絡まれている間にも、伝蔵の背中は遠ざかっていく。

「安堵せい。後は八丁堀の屋敷に戻るだけであろうよ」

半蔵の焦りを茶化すかの如く、右近は微笑む。

「ところで笠井、うぬは俺が駿河守……いや、お奉行の信を失うたとでも思うておるのではないか」

「ち、違うのか？」

「ふん、うぬは何も分かっておらぬのう……お奉行はな、鳥居様より遣わされし俺を一層重く用い、好き勝手に動いても差し支えの無きようにと、敢えて見習いにしてくれたのだ」

「何……」

「もはや、お奉行はうぬなど入り用ではない。俺と兄者がいれば十分ということだ……なぁ、兄者」

苦笑交じりに右近がうそぶくや、路地の反対側から新手が姿を見せた。

こちらは折り目正しく袴を穿き、羽織を重ねている。

装いこそ違うが、顔形は右近と瓜《うり》二つ。

身の丈が六尺を超えており、鍛え抜かれているのも同様だった。

三村左近、二十八歳。

右近とは血を分けた、双子の兄だ。

顔立ちこそ瓜二つだが、漂わせる雰囲気には、弟と違って気品がある。

その口調も、あくまで折り目正しいものだった。

「大人しく退いてはくれぬか、笠井」

「左近殿……」

「弟が言うたとおり、南のお奉行は我らを重く用いるご所存ぞ。おぬしが首を突っ込むには及ばぬと心得てもらおうか」

「さ、されど」

「金井殿と申されたか、南の内与力には何事もなかったと報じておけばいいではないか。佐久間伝蔵に疑わしきことなど何も無いと伝えれば、必ずや安堵いたすであろう」

「む……」

半蔵は一歩も動けなかった。

左近には、弟と違って気品があるだけではない。

剣客としての力量も、遥かに上を行く身だった。

右近にさえ勝てない、今の半蔵では足元にも及ぶまい。

それに立ち居振る舞いが穏やかであればこそ、余計に底知れぬところもある。柔和な面持ちでありながら向けてくる視線は鋭く、静かな殺気に満ちている。先だって甲州路で命を助けてくれたのは、やはり気まぐれだったのか。左近の視線に射すくめられ、半蔵は金縛りにあったかの如く、手足ばかりか口まで利けなくなっていた。

もはや、伝蔵を追うどころではない。

「しかと申し伝えたぞ、笠井」

最後にそれだけ告げると、左近は歩き出す。

動けぬ半蔵をそのままに、右近も後に続く。

黙って立ち去るのかと思いきや、憎まれ口を叩いていくのは忘れない。

「ははははは、うぬの出番は今宵《こよい》限りだ。端役《はやく》は端役らしゅう、袖に引っ込んでおるがいいわ」

「…………」

半蔵は浅黒い顔を強張《こわば》らせる。

もはや、酔いは完全に醒めていた。

胸の内は疑問と悔しさで一杯になっていた。

またしても三村兄弟に邪魔立てされるとは、思ってもいなかった。

お駒や梅吉が寄せてくれる期待に応えられるほど、半蔵は強くはない。

世の中には、自分よりも強い者が多いのも分かっている。

三村左近はそんな強敵の一人であり、弟の右近と揃えば、まさに無双《むそう》。

それに、あの二人は人を斬ることにも慣れていた。

本身では萎縮《いしゅく》して実力を発揮できず、刃引きを振るって戦うことしかできない半蔵では、とても歯が立つまい。

体が言うことを聞くようになるのを待ち、今宵のところは引き下がるより他になかった。

「ううっ……」

半蔵の五体が、不意に動いた。

もつれる足で、路地の奥の厠《かわや》へと駆け込んでいく。

左近に浴びせられた剣気の縛《いまし》めを解いてくれたのは、深酒の報いの嘔吐感《おうとかん》。

伝蔵から勧められるがままに呑んだことが、図らずも幸いしたのであった。

四

宵闇《よいやみ》の中、三村兄弟は意気揚々と回向院の門前町を闊歩《かっぽ》する。

と言っても、ずかずか歩いているのは右近のみ。

左近は歩みも折り目正しい。

弟を先に行かせ、自身は淡々と歩を進めていく。

半蔵をそのままにして一ツ目之橋を渡った二人は、両国橋がすぐ間近に見える界隈まで来ていた。

六尺近い長身揃いの兄弟とすれ違うたびに、遊客たちは怖々と視線を逸らす。

地回り連中も同様で、誰一人として因縁を付けてこない。

皆が恐れていたのは右近だった。

黒羽織を脱いでいても、小銀杏髷《こいちょうまげ》で後ろ腰には十手と来れば町方同心、それも廻方の猛者《もさ》だと一目で分かる。

まして右近は見習いに格下げされたとはいえ、万年青組を始末したのに劣《おと》らず荒っぽいやり方で江戸の悪党どもを恐れさせ、今や知らぬ者がいない。

そんな弟と連れ立つ左近は、深編笠で面体《めんてい》を隠していた。

交わす言葉も、ごく小声である。

自分の存在は、あくまで影。

左近はそう心得ている。

派手な動きは弟に任せ、自身は一歩退くのが身上なのだ。

とはいえ、兄の威厳はあくまで強い。

右近が愚かなことを言い出せば、有無を言わせぬのが常だった。

「笠井半蔵だが、そろそろ引導を渡しても良いのではないかな、兄者」

「構うには及ばぬと申したはずぞ、右近」

「されど目障りな奴は一刻も早う、始末をしてしまうに限るぞ。これまでもそうしてきたではないか。今宵も兄者が前もって止めておらねば、俺はあの場で引導を渡してやりたかったのだぞ」

「くどいぞ。まだ早いと申したであろう」

「やけにあやつを庇うのだな……甘いぞ、兄者」

「甘いのはそなたのほうじゃ、右近」

「何だと？」

「鶏《とり》は太らせてから喰らうものぞ。ひよっ子を急いて締め上げて、何とするか」

「ふん、ひね鶏になってからでは遅いであろう」

「そんなことはあるまいぞ。以前よりも腕を上げたのに気付かなんだのか」

「ふん……」

不満げに鼻を鳴らしながらも、右近は逆らえずにいた。

半蔵が地回りの一団を叩きのめす光景を、思い出していたのだ。

たしかに、つい先頃までよりも強くなってはいる。

だが、まだ自分たちには勝てまい。

あの男には、非情になりきれぬ弱さがあるからだ。

真剣勝負の場数を踏んでいながら、半蔵は一度も人を斬ったことがない。

いつも戦いの場で本身を帯びず、刃引きばかり持ち出すのも、相手を殺そうとすると動きがぎこちなくなるからだ。

相手を斬るのは嫌だが、自分も斬られたくはない。なればこそ刃引きであっても本身と同様に振るい、命まで奪わぬ代わりに気迫を込めて打ち倒すのだ。

殊勝な心がけと言えば聞こえがいいが、要は覚悟が足りないだけのこと。

百戦錬磨の兄弟にしてみれば、未熟もいいところだった。

刀など、詰まるところは人斬り包丁に他ならない。

その刀を上手く振るうことさえできれば、邪剣と呼ばれようと構うまい。

右近は、そう思っている。

そんな右近にとって、半蔵は笑止な男。

斯様《かよう》な未熟者は、目障りなだけである。

速やかに引導を渡してスッキリしたいものだが、自分より強く威厳もある左近に止められていては、逆い抜くわけにもいかない。

それに、今は命じられた役目を全うするのが先。

佐久間伝蔵が事を為すまで、一切の介入を防ぐのが右近の役目。

同じ南町の与力や同心にも余計なことをさせぬように油断なく、常に目を光らせておく必要がある以上、半蔵にばかりこだわってはいられない。

しかし、一方の左近の思惑は違っていた。

(笠井め、順調に腕を上げておる……ふふ、まことに喜ばしきことよ……)

深編笠の下で、優美な横顔に微笑みを浮かべている。

真っ先に半蔵を斬るのは自分。

誰であろうと、邪魔立てすれば容赦《ようしゃ》はしない。

えも豪壮な大名の藩邸や、旗本でも千石以上の御大身の屋敷ばかり。

三河以来の直参とはいえ百五十俵取りの笠井家が、こうして高台の地に土地と屋敷を与えられたのは、ご先祖が徳川の臣として算勘――算盤勘定《そろばんかんじょう》の才を戦国の昔から大いに発揮し、その才を認められてきたからだった。

富士山を望む一等地に住めるのは有難いことだが、体が思いのままにならないときは、屋敷が高台にあるのも困りもの。

日頃は本所から駿河台まで歩き通すぐらいは雑作もない半蔵だが、今宵《こよい》ばかりは体力も時も倍を要した。

よろめく足を踏み締めて、やっとのことで門の内に入る。

何はともあれ、屋敷に戻ったからには一安心。

後は気配を殺して寝間に忍《しの》び入り、夜明けまでぐっすり眠るのみ。

すでに佐和はもとより中間《ちゅうげん》と女中も早起きに備え、熟睡している頃合いだ。

目を覚ませば夜更けに帰宅したと分かり、遅くまで何をしていたのかと佐和は怒り狂って問い質《ただ》すに違いない。それでも朝は勤めに送り出す支度を優先せざるを得ないため、常の如く正座させて説教するわけにもいくまい。後のことは後にして、とりあえず話をはぐらかすことができるはずだった。

代々に亘《わた》って平勘定の役目に就き、大手御門内の下勘定所に勤めてきた笠井家では、当主は暁《あかつき》七つ（午前四時）前に必ず出仕するのが習い。

十年前に婿《むこ》入りして以来、ずっと半蔵も課せられてきたことだ。

夜明け前から勤めに出るのには、理由がある。

他ならぬ勘定奉行が、早朝に出勤するからだ。

本来ならば半蔵たち平勘定は、奉行が江戸城中の御殿勘定所に移動した後、朝五つ半（午前九時）までに出てくれば問題ない。奉行に合わせて出仕し、職場に詰める必要があるのは上役の組頭たちで、算盤を弾いたり書類を作成するだけの立場にすぎぬ平勘定が、斯《か》くも勤勉に振る舞うには及ばなかった。

それでも奉行より半刻早く着到し、用部屋で机など掃除しながら待機していれば、何か御用があっても速やかに承ることができる。そんな殊勝な心がけを受け継いできたのが笠井家の美徳であり、歴代の奉行から一目も二目も置かれ、重く用いられる結果につながっていた。

だが半蔵は先祖たちと異なり、夜明け前から用部屋に詰めていても呼び出しがかかることはない。全員が出勤し、定刻に点呼を受けて一日の御用を始めるまで手持ち無沙汰のため、やむなく雑巾《ぞうきん》を絞ってきて机の掃除をしたり、上役や同僚たちの席まで拭《ふ》いてやって、暇を潰すのが常だった。

先代当主の総右衛門《そうえもん》までは早起きを厭《いと》わず、夜明け前から出仕に及ぶのも意味がある行動だったと言えよう。組頭が奉行に問われて即答できない場合、用部屋で待機しているのを呼び出せば、すぐに解決したからだ。

笠井家に婿入りして苦節十年、半蔵がようやく奉行から命じられたのは平勘定の役目とは程遠い、算勘ではなく剣術と忍術が必須の影御用ばかり。

妻に叱咤《しった》されて苦手な算盤の扱いこそ何とか克服したものの、平勘定としての能力は未だに凡百のものでしかなく、組頭や同僚からも、昼行灯《ひるあんどん》がようやく一人前になったと見なされる程度だった。

わざわざ夜明け前から出仕に及んだところで、奉行に表立って声をかけられたことは一度もない。必要とされているのは勘定職とは無縁の、あくまで人知れず行使するのが前提の、武芸の腕前のみなのだ。

それでも、半蔵は未だに夜明け前に出仕し続けている。

意味のあることと妻が信じている限り、従わざるを得ないのだ。

ともあれ、今は一刻も早く、床に就いて眠るのみ。

足音を立てることなく、半蔵は屋敷内に忍び入る。

玄関から式台に上がろうとしたとき、おもむろに不機嫌な声が聞こえてきた。

「盗っ人でもあるまいに何をこそこそしておられるのですか、お前さま？」

「さ、佐和か⁉」

驚いた弾みで、半蔵はぴょんと式台に跳び上がる。

手燭《てしょく》を掲げて現れた妻は、常にも増して怖い顔。

美貌の持ち主であればこそ、キツいのだ。

「本日も早退《はやび》けなさったそうですね。聞けば、一度や二度のことではないとか」

「だ、誰が左様《さよう》なことを言うたのだ」

「お前さまの忘れ物を届けに参った小者《こもの》が、知らせてくれたのです」

佐和は手燭を足下に置き、左手に提げた袱紗《ふくさ》包《づつ》みを拡げる。

「どうぞ、お納めなされ」

視線も鋭く差し出したのは、華奢な指に似つかわしくない代物《しろもの》だった。

「重うございます。早う、お取りなされませ」

「う、うむ」

有無を言わせぬ口調で促され、半蔵はそっと手を伸ばす。

節《ふし》くれ立った指が震えていた。

おずおずと手にしたのは、黒漆塗りの鉄扇《てっせん》。

迂闊《うかつ》にも、用部屋の机に置きっぱなしにしてきたものだ。

このところ道場に足を運べなかったため、稽古《けいこ》不足を補う役に立てばと思って持ち歩いていたのが災いし、思わぬ事態を招いてしまったらしい。

半蔵が鉄扇を帯前に差すのを待ち、佐和は再び口を開く。

「お奉行のご意向に逆ろうて、お前さまは何をなさっているのですか？」

「えっ」

「孫七《まごしち》なる小者が、すべて教えてくれました」

「何と……」

半蔵は唖然とした。

下奉行所に残ることを何とか許され、今は一介の雑用係として働く孫七は、半蔵が良材の密命で影御用を果たしてきた事実を知る、唯一の存在。

以前は良材の子飼いの小者であり、半蔵との間で連絡役を務めたものの良材に見限られた孫七が、どうして妻に秘密を明かすのか。

訳が分からぬまま、半蔵は問い返す。

「あ、あやつは何と申しておったのだ!?」

「落ち着きなされ！　私も皆目見当が付かぬ故、こうして伺うておるのです！」

狼狽《ろうばい》する半蔵を、佐和はぴしゃりと一喝《いっかつ》した。

「お前さまは笠井家の当主でありましょう？　それがたびたび下り腹など装うて御勘定所を抜け出すとは、如何《いか》なるご所存なのですかっ」

「む……」

「お答え次第では、只では済ませませぬぞ！」

「…………」

びしびし叱《しか》り付けられても、半蔵は答えられずにいた。

二

半蔵が良材から影御用を命じられ、定謙を人知れず警固《けいご》してきた事実を佐和は知らない。

御用を通じて知り合った定謙をひとかどの人物と見込み、良材から命じられた範囲を超えて勝手に肩入れし、数々の事件を陰で解決してきたとは夢想だにしていないはずだった。

いずれにせよ、半蔵がやっていることは笠井家代々の勘定職とは無関係。

もしも佐和が一連の事実を知れば、何を無益なことに熱中してきたのかと呆れ返るはずだった。

半蔵が恐れたのは、妻に失望されることだけではない。

影御用に巻き込んで、危ない目に遭わせたくなかったのだ。

こたびの佐久間伝蔵の件に限っては上《うえ》つ方《かた》のためではなく、あくまで知人からの頼みで動いただけだが、あの三村兄弟が介入してきたとなれば、きな臭いことになるのは必定《ひつじょう》。

伝蔵が辻斬りまがいの所業を繰り返す理由を頑として明かさぬのも、よほどの大事が隠されていればこそと見なすべきだろう。

何であれ、佐和を巻き込みたくはない。

迂闊なことを明かしてしまい、愛する妻に余計な心配をかけたくないのだ。

だが、いつまでも口を閉ざしてもいられまい。

「私に黙《だん》まりは通じませぬぞ、お前さま……」

佐和は目が据わっていた。

美しい顔をきっと引き締め、一言一句に力を込めている。

たしかに笠井家の名誉も大事だが、半蔵の身を案じていればこそ、こうして力《りき》まずにいられないのだ。

佐和は当年二十七歳。半蔵とは、六つ違いの夫婦である。

夫と向き合えば大人と子どもに見えるほど身の丈は低いが、貫禄《かんろく》は十分。

小柄ながら上背があるように見え、威厳もあるのは均整が取れており、姿勢を常に正しくしていればこそ。

今も背筋を伸ばして胸を張り、不用心に脇を開けることなく、つま先を内側に向けている。小太刀も薙刀《なぎなた》も嗜《たしな》み程度しか学んでいないはずなのに、武芸者さながらに隙の無い立ち姿を示していた。

何も、佐和に限ったことではない。

武家に生まれた女子は皆、親に厳しく躾《しつ》けられて育つ。

男子と違って有事に合戦場へ赴《おもむ》く立場には非ざるため、武芸を仕込まれることが無い代わりに、常に毅然《きぜん》と立ち振る舞い、誰からも軽んじられぬように心がけなくてはならない。

そうした教育を通じて男に劣《おと》らぬ強さが培われ、武芸の心得など無くても余人を圧倒する立ち姿を自然と示すことができるようになるのだが、嫁いだ後は貞淑《ていしゅく》な妻となり、常に一歩退くのが武家の婦女子の習いというもの。

しかし、佐和のような家付き娘の場合は話が違う。

男尊女卑の世に在っても権威が強く、夫とは名ばかりと見なせば、いつでも婿を身ひとつで追い出すことが可能なのだ。

未だに子をなすことができずにいる半蔵は、当然ながら肩身が狭い。

しかも勘定職として優秀なわけでもなく、どうにか算盤が一人前に弾けるようになったとはいえ、頭の回転はまだ遅い。子どもが手習い塾で習う程度の算学の問題さえ、解くのに一苦労する始末。

そんな半蔵が佐和に執着したのは、厳しいながらも華があればこそ。

見合いの席で一目惚《ひとめぼ》れした半蔵が、算盤勘定が大の苦手なのに婿入りを望まずにはいられなかったほど、類《たぐ》い希《まれ》な美貌の持ち主なのだ。

三十路《みそじ》に近くなっても、佐和の美貌は衰えを知らない。

若かりし頃には旗本八万騎で随一と謳《うた》われ、亡き大御所の家斉公が十一代将軍だった頃に大奥入りを望んだほどの美貌だけに、こうして怒りを露《あら》わにされると半蔵の手に余ってしまう。

「さ！　早《はよ》うお答えなされ！」

「…………」

半蔵に返す言葉は無かった。

落ち度があって説教をされるのはいつものことだが、心身共に疲れ切った今は一際《ひときわ》きつい。

佐和は態度だけでなく、言葉にも勢いがあるからだ。

小なりとはいえ三河以来の直参旗本の家に生まれたことに加えて、算盤勘定に代々に亘って励んできた一族ならではの、誇りの為せる業と言うべきだろう。

地味で目立たぬ役目だけに軽んじられがちだが、勘定衆、あるいは御算用者と称される人々は、主家を保つためには欠かせない。

将軍家においても同様で、勘定奉行とその配下は幕府に必須の存在。算盤侍と呼んで小馬鹿にするのは数字に弱く、自分たちにはできない専門職をこなすのに嫉妬《しっと》した輩《やから》と相場は決まっている。

代々の勘定職の一族に生まれたことを誇りに思えばこそ、佐和は半蔵にも同様であってほしいと願って止まない。

だが、今のままの半蔵では、期待に応えるのは難しい。

厳しく指摘されるのは、抜き差しならないことばかりではなかった。

「ところでお前さま、今宵はご酒《しゅ》を召し上がりましたね」

「な、何を申すか」

「隠しても無駄ですよ。お召し物から盛んに臭うておりますれば……」

「えっ」

半蔵は慌てて鼻をひくつかせる。

嘔吐した後に近くの路地へ駆け込み、長屋の井戸を借りて着物の染みを入念に落としてきたはずだったが、まだ臭いが残っていたのだ。

「家宝の刀を無くされたのは酔うた上でのこと、詫びのしるしに酒は断つとお前さまのほうから申されましたのに……」

佐和は切なげに溜め息を吐いた。

「お約束とは、守るためになさるものでありましょう。違いますのか？」

「……すまぬ」

しょげ返る夫を前にして、佐和も問い質す気が失せてしまったらしい。

「もうよろしゅうございます。早うお湯に浸かって、お休みなされませ」

手燭を持ち、佐和は疲れた顔で立ち上がる。

玄関に取り残されたままの半蔵は、更に顔色が悪かった。

「…………」

肉体の疲れに加え、心も疲弊《ひへい》しきっている。

せっかく良好になりつつあった夫婦仲にも、暗雲が立ち籠《こ》めてしまった。

今宵は床を共にするのはおろか、同じ部屋で眠るのも控えざるを得まい。

愛する妻に嫌われてしまっては、立つ瀬がない。

このまま影御用など、続けていてもいいものか。

こんなことになるのを、自分は望んでいたのだろうか――。

これまでの影御用は半蔵にとって、格好の気散じの手段であった。

張り合いのない勘定所勤めに嫌気が差し、それでも婿入り先の代々の職だけに勝手に辞めてしまうこともままならず、何より佐和を悲しませたくないがために辛《かろ》うじて思いとどまり、胸の内の不満については、影御用で腕に覚えの技を存分に振るうことによって解消してきたのだ。

そして近頃は勘定奉行の密命を受けて行動するのにも増して、ひとかどの人物と見込んだ矢部定謙のために陰で働くことに、より大きなやり甲斐を覚えるようになってもいた。

だが影御用に熱中する余り、家庭を蔑《ないがし》ろにしていた観も否めない。

しかも半蔵は定謙を支援するうちに目付の鳥居耀蔵に睨《にら》まれ、いつの間にか狙われる立場になってしまっていた。

つい先頃にも隙を突かれて佐和を拉致《らち》され、危ない目に遭わせたばかり。

そのときは覆面をして身柄を取り返したため露見せずに済んだが、いつまでも隠し通せるものでもあるまい。

現に、佐和は半蔵の行動に不審を抱《いだ》き始めている。

孫七から何か余計なことを吹き込まれ、夫が勘定所勤めの裏で影御用に使役されている事実に、気付きつつあるのだ。

このままでは、いけない。

だが、どうすればいいのか分からない。

よろめく足を踏み締めて、半蔵は立ち上がる。

向かった先は、台所脇の湯殿。

脱衣場には畳んだ寝間着が置いてある。

夏場のことなので、浴槽の湯は焚《た》き口の火が消えていても温かい。

満たした湯には、垢《あか》ひとつ浮いていなかった。

あるじに一番風呂を使わせるのは、武家と商家の別を問わぬ習い。

以前は半蔵に構うことなく、先に湯浴《ゆあ》みを済ませるのが常だった佐和も、近頃は夫が帰宅するまで湯殿に立ち入らず、もとより奉公人たちにも入浴を許さずにいるらしい。

そんな妻の気遣いも、今宵は心苦しいばかりの半蔵であった。

三

翌朝、半蔵はふだんよりも大幅に遅れて出仕した。

深夜まで寝付かれなかったせいでもあるが、いつも夜明け前に起こしてくれる佐和が、明け六つ半（午前七時）を過ぎても姿を見せなかったのだ。

陽が昇っても静まり返ったままなのを女中たちが不審に思い、次の間で半蔵が羽織を被って独り寂《さび》しく寝ているのを見つけてくれなければ、定刻の五つ半までに出仕できなかったことだろう。

「奥様、奥様！」

「と、殿様がご出仕の刻限にございまするぞ～！」

「しーっ、静かにせい……」

慌てふためく女中たちをよそに、半蔵は洗顔と髭剃《ひげそ》りを手早く済ませる。

しかし、結髪するのは一苦労。

夫の髭を剃り、髪を結うのは、本来ならば妻の役目。

髭はともかく髪は独りきりでは始末に負えないため、佐和がいなければ女中に手伝ってもらわざるを得なかった。

「遠慮はいらぬぞ。もそっと強う！」

「は、はいっ」

「これでよろしゅうございますか？」

若い女中たちは汗を掻き掻き、半蔵の髪をぎゅうぎゅう引っ張る。

しかし、どんなに頑張っても佐和の域には及ばない。

二人の女中は行儀見習いのため、屋敷に奉公している大店《おおだな》の娘たち。

厳しい佐和に日々鍛えられてはいても、所詮は箸より重いものなど持ったことのないお嬢様。両の目が吊り上がるほど強く結われるのに慣れきった半蔵にしてみれば、力が弱すぎて話にならなかった。

そんな次第で時間を食い、朝餉《あさげ》こそ抜きにせざるを得なかったが、慌てて出仕するには及ばない。

裃《かみしも》姿に身を固めた半蔵は、駿河台から大手御門を目指して歩き出す。

道なりに下っていくと、江戸城の御濠《おほり》が見えてきた。

すでに陽は高く、広い水面に燦々《さんさん》と朝日が降り注いでいる。

「何としたのだ、笠井？」

「今日はずいぶんと遅いのう……」

御門前で顔を合わせた同僚たちが、驚いて半蔵を振り仰ぐ。

遅刻ぎりぎりというわけではない。

定刻の五つ半には、まだ四半刻も間があった。

「いや、ちと寝坊をいたしてな……」

照れ笑いを返しつつ、半蔵は大股で先を急ぐ。

皆が出仕するのと変わらぬ時分だというのに、当の半蔵も遅刻した気分になるのだから、慣れとは恐ろしいものである。

職場の下勘定所があるのは、大手御門を潜《くぐ》ってすぐ右手。

用部屋に入るなり、組頭の怒声が飛んできた。

「遅いぞ、笠井！」

同僚ばかりか上役まで、遅刻扱いにするつもりか。

さすがに半蔵がムッとしかけた刹那《せつな》、組頭はすかさず言った。

「早うせい！　お、お奉行が先程からお待ちなのじゃ！」

「お奉行が……」

「ご登城なされる前に、おぬしに話があるとの仰《おお》せぞ！」

「まことでありますか？」

さすがに半蔵も慌てずにはいられなかった。

勘定奉行は五つ半までに下勘定所を出て、城中の御殿勘定所へ移動しなくてはならない決まり。

何用なのかは定かでなかったが、半蔵を待って登城せずにいるとは一大事。平勘定の半蔵が奉行を遅刻させたとあっては、取り返しが付くまい。いつも冷静な組頭が動揺を露わにするのも当然だった。

「ほれ、寄越せ！」

半蔵が提げていた刀を引ったくり、初老の組頭は慌ただしく押しやる。

勘定所の奥に繋がる廊下では、勘定奉行付きの小者が待機中。

小柄ながらも、がっちりした体付きの青年である。

「お急ぎくだされ、笠井様」

半蔵を仰ぎ見る顔は、まだ若いのに皺《しわ》が多い。

「……………」

先を行く小者に続き、半蔵は無言で廊下を渡り行く。

目の前の背中に向けた視線は、静かな怒りを帯びていた。

腹を立てているのも無理はなかった。

小者の名は孫七、二十二歳。今は一介の雑用係である。

なぜ孫七は、佐和に余計なことを吹き込んだりしたのか。

夫婦の仲に波風を立てて、何が楽しいのか。

慌ただしい最中であっても、半蔵は文句を付けずにはいられなかった。

「昨夜は妻からあれこれ問い詰められて往生した……そのほう、如何なる所存で大事を漏らしたのか？」

声を低めて問いかける、半蔵の表情は険《けわ》しい。

だが、孫七は答えない。

無言のまま、すたすたと先を行くばかり。

「答えぬか、うぬ！」

鋭い口調で続けて問うても、孫七は歩みを止めなかった。

背を向けたまま、何食わぬ様子で口にしたのは、ただの一言。

「奥方様を大事にしてくだされば、それでよろしいのです」

「む……」

半蔵は二の句が継げなかった。

腹立たしくはあったが、否定はできない。

影御用に熱中している限り、半蔵は佐和に構ってやれない。

そんな状況を見かねて意見したとなれば、不本意ながら得心も行く。

油断のならない孫七は、御庭番くずれの忍びの者だ。

といっても下忍であり、子細までは半蔵も与《あずか》り知らぬが、かつては良材の側近くに仕える一方、半蔵の影御用の監視役を仰せつかっていた。

その腕前は、小者といえども侮り難い。

身のこなしに隙が無いのは当然のこと、暗殺と諜報《ちょうほう》を務めとする御庭番だっただけに、殺しにも慣れているはずだ。

一度も人を斬ったことのない身では、太刀打ちするのは至難だろう。

文句を言えぬまま、半蔵は勘定所の奥へと足を運ぶ。

そんな半蔵を待ちながら、梶野土佐守良材は悠然と茶を喫《きっ》していた。

良材は当年六十九歳。

来年で七十になるとは思えぬほど、矍鑠《かくしゃく》としている。

裃の襟を正して座った姿は、背筋が自然に伸びていた。やや太り肉《じし》だが極端に肥えてはおらず、腰が据わった様も頼もしい。

白髪頭ながらも潑剌《はつらつ》とした雰囲気が失せていない、貫禄十分な老人であった。

四

「笠井半蔵様、参られました」

「通せ」

孫七の呼びかけに、障子越しに答える声にも張りがある。

登城する刻限ぎりぎりというのに、微塵《みじん》も焦っていなかった。

「失礼仕《つかまつ》りまする」

折り目正しく言上し、半蔵は障子を開く。

「おお笠井、待ち侘《わ》びたぞ」

「長らくお待たせ申し上げ、面目次第もありませぬ」

「良い良い。そのほうら平勘定は五つ半の定刻までに出仕いたさば、何の障りも無いのだからのう。まこと、羨《うらや》ましき限りじゃ」

「お、恐れ入りまする……」

「それにしても珍しいの。二日酔いか、笠井？」

「は……」

「たまさかには良かろう。そのほうも佳人を妻《さい》に持ちて、何かと気苦労が絶えぬであろうからのう。ほっほっほっほっ」

空になった碗を茶托《ちゃたく》に置いて、良材は朗らかにうそぶく。

だが、目までは笑っていない。

腹の底まで探るかの如く、じっとこちらを見返している。

良材は底の知れぬ人物である。

前の勘定奉行だった矢部定謙が水野忠邦に憎まれて罷免《ひめん》され、左遷《させん》続きで自棄《やけ》を起こして酒食遊興に耽《ふけ》っていたのに肩入れし、南町奉行職に就けるように取り計らう一方、影御用と称して差し向けた半蔵に警固をさせたのも、今となっては単なる親切心とも思えなかった。

この男には裏がある。

強面《こわもて》ながらも情に厚く、人のいい定謙を、何に利用するつもりなのか。

この鋭い視線に、負けてはなるまい。

敬愛する定謙のために、良材の本音を逆に探り出すのだ。

半蔵は昂然と顔を上げた。

「してお奉行、ご用向きは何でありましょうか」

「うむ。登城前のこと故な、手短に申し伝えるといたそう」

好々爺《こうこうや》然とした面持ちのまま、良材は語り出す。

笑みを絶やすことなく、あくまで穏やかな口調であった。

ところが、続いて口にした言葉は剣呑《けんのん》そのもの。

「孫七にも伝えさせしことだがの……そのほう、今少し妻を大事にせい」

「は?」

「先だって申し伝えし儀は覚えておるかの、笠井」

「……自重せよ、との仰せにございました」

「左様。そのことを今一度、念押ししておこうと思うたのじゃ」

「それは、如何なる仰せでありましょうか」

「ふっ、そのほうも大口を叩くようになったのう……」

良材は薄く笑った。

柔和な笑みを浮かべたまま、じっと半蔵を見つめている。

すべてはお見通し。そう言いたげな態度だった。

「昨夜は竪川河岸にてひと暴れしたそうだの。腕を振るうのは楽しいか、笠井」

「は……」

「さもあろう。勘定所に在っては益無きものなれど、そのほうの剣の業前《わざまえ》と忍びの術は、凡百に非ざるものだからの。なればこそ、儂《わし》も恃《たの》みにしておるのだ……されど、無闇やたらと腕を振るうて貰《もろ》うては困る」

「お奉行……」

「要は、己《おのれ》を安売りするなということじゃ。誰彼構わず手を差し伸べ、助ける癖は止めにせい」

「南町の一件を、放っておけとの仰せにございまするか」

「そういうことじゃな。慮外者《りょがいもの》の同心一人、構い立てするには及ぶまい」

「されど、このまま放っておいては……」

「事が表沙汰になれば南町奉行の評判に傷が付く。そう申すつもりかの」

「ぎ……御意《ぎょい》」

「ははははは、可笑《おか》しなことを申すのう。そのほう、いつの間に駿河守の配下となったのじゃ？」

言葉に詰まりながら答えた半蔵を、良材は一笑に付す。

やはり目までは笑っておらず、半蔵に向けた視線は鋭さを増していた。

「今少し、己の分を弁《わきま》えよ。そのほうが婿入りせし笠井家は平勘定を代々務めし名のある家ではないか。そして嫁御は畏《おそ》れ多くも、亡き大御所様がご生前に懸想《けそう》なされし笠井の佐和……愛妻のためにも、重々肝《きも》に銘じておくことだの」

「………」

「話はこれまでじゃ。疾《と》く用部屋に戻りて、御用に励め」

それだけ言い置き、良材は腰を上げる。

廊下に控えていた孫七を従えて、玄関に向かう足取りは悠然としている。

傍目《はため》には権力を振りかざすこととは無縁の、好々爺にしか見えない。

しかし、良材の真の顔は非情そのもの。

虫も殺さぬ顔をして、半蔵に警告を与えたのだ。

しかも佐和のことまで持ち出して、勝手な真似をすれば無事では済まないと暗に脅しをかけてきたのである。

これは明らかな恫喝《どうかつ》だった。

半蔵だけが槍玉《やりだま》に挙げられたのならば、如何様にも切り抜けられる。

だが、佐和を狙われてはお手上げだ。

勘定所勤めがあっては常に身辺に付き添い、護るわけにもいかない。

愛する妻を危ない目に遭わせずに済む方法は、ただひとつ。

半蔵が大人しく、良材の命令だけに従っていればいいのだ。

元はと言えば、そうやって影御用を果たしてきたのである。

何も考えず、命じられるがままにしていれば、すべてが丸く収まるはず。

されど、首肯《しゅこう》する気にはなれなかった。

良材が優秀な勘定奉行なのは、もとより承知の上である。

齢《よわい》を重ねても矍鑠としており、早々に隠居してしまうとも思えない。

鳥居耀蔵と並ぶ水野忠邦のお気に入りで、このまま長命を保っていれば更なる出世を遂げるに違いなかった。

それほどの実力者と、半蔵は近付きになったのだ。

本来ならば直に声をかけられるはずもない平勘定の身、それも義父の総右衛門とは違って組頭の上を行くほど算勘の才に恵まれてもいないというのに、出世の糸口を摑んだのだ。

にも拘《かか》わらず、半蔵は従順になれずにいる。

悪しき輩の手先に徹することが、どうしてもできないのだ。

返事をせずに見送った半蔵の態度を、良材はどのように思っただろうか。

果たして、このまま無事に済まされるのだろうか——。

勘定所の廊下に射す陽光は明るい。

今日も暑くなりそうだったが、半蔵の不安は尽きなかった。

五

同じ一日も、冬と夏では随分違う。

夏場は夜明けが早い上に、日暮れも遅い。師走の頃には昼七つ（午後四時）を過ぎて早々に暗くなる空も、まだ明るいままであった。

西日にきらめく江戸城の御濠を横目に、半蔵が足早に歩いていく。

例によって腹痛を装い、組頭と同僚たちを騙《だま》して早退けしたのだ。

二日続けてのことだったが、こたびばかりはやむを得ない。

半蔵は限られた時間の中で、集中して勤めをこなした。

昼食も摂らずに算盤を弾きまくった半蔵は、今日のうちに片付けなくてはならない御用を余さず済ませていた。

昨日の今日でさぼりを決め込んだのは、佐久間伝蔵の一件をこのままにはしておけないと、腹を括《くく》っていればこそ。

三村兄弟に脅され、佐和に呆れられ、良材からは警告されたものの、この期に及んで引き下がるわけにはいくまい。

やはり、伝蔵は何か事を為そうとしているに違いない。

事態を危惧《きぐ》する金井権兵衛の気持ちは分かるし、半蔵も直に顔を合わせてみて危険なものを感じていた。

あれほどまでに思い詰め、辻斬りまがいの所業を繰り返すとは尋常なことではあるまい。放っておけば取り返しの付かない不祥事を引き起こし、南町奉行たる定謙の立場が危うくなるのではあるまいか——。

そう思えば、居ても立ってもいられないのだ。

さらに今一つ、半蔵には気がかりなことがあった。

三村左近と右近は、どこまで邪魔をするつもりなのか。

なぜ半蔵の行く手を阻《はば》み、伝蔵を好きにさせておこうとしたのか。

襲う相手が無頼の徒ばかりとはいえ、いつまでも好きにさせておけば露見するのは目に見えていた。

伝蔵自身は正義を行うつもりでやっているのだとしても、御法の番人たる町方同心が勝手に事を為すなど言語道断。発覚すれば、只では済むまい。

三村兄弟、とりわけ弟の右近は性悪な質だが、南町奉行所の旗色を好んで悪くするとは思えない。

他ならぬ南町奉行の定謙に認められ、好きに行動しても構わないとのお墨付きを得ているのであれば尚のことだった。

思惑が何であれ、あの兄弟を敵に回したくはない。

兄の左近が根っからの悪人とは思えぬことも、対決を避けたい理由だった。

先だっての影御用の道中で命を救われた恩を、半蔵は忘れていない。邪悪な弟とは違って高潔な質であり、好んで刃を交えたくはなかった。

とはいえ、向こうから挑んでくれば迎え撃たざるを得まい。

願わくば、戦いたくはない――。

そんな半蔵の願いも空《むな》しく、行く手はおもむろに塞《ふさ》がれた。

「おやおや。お忙しいはずの御勘定所勤めの御仁が、まだ陽も高いと申すに何処へ参るのかな？」

姿を現すなり、右近は嘲《あざけ》るような口調で半蔵に向かって問いかける。

「三村右近……おぬしこそ、何をしておる？」

「むろん市中の見廻りよ。見習いに格下げされはしたが、俺は廻方なのでなぁ」

うそぶく右近の装いは、黄八丈の着流しに巻羽織。粋《いき》なはずの装束も、この男が着ているとだらしなく見えるばかりだった。

傍《かたわ》らに立つ兄の左近は昨夜と同じく、折り目正しく袴を穿いている。

「笠井よ、行く先は数寄屋橋と思うて構わぬな？」

にやつく弟の前に身を乗り出し、左近は言った。

「このまま大人しゅう南の番所（町奉行所）に参りて、内与力の金井殿に佐久間には怪しきところなど無かったと報じてくれれば、それでいい……。おぬしとは好んで事を構えたくはない故、な……」

表情を硬くした半蔵を静かに見返し、左近はつぶやく。

斬り合いを避けたいという考えは、どうやら同じであるらしい。

しかし、兄と弟の思惑は違っていた。

「おいおい兄者、無理強いはいかんぞ。好きにさせてやれば良かろう」

左近との会話に割り込むや、右近はにやりと半蔵に笑いかける。

「性根が据わっておるならば、何があろうと迷うまい。たとえ我らが忽然《こつぜん》と目の前に罷《まか》り出ようと、動じるはずがなかろうよ……」

半蔵を馬鹿にしきった態度で、右近はうそぶく。

「まぁ、うぬ如きがちょろちょろ嗅ぎ廻ったところで、佐久間を止めることなど叶うまいがな。はははははは」

「ぐ、愚弄《ぐろう》いたすかっ」

人を食った物言いの数々に、さすがに半蔵もキレかけていた。

察するに、二人は再度の警告を与えるためにやって来たのだろう。

とりわけ、右近の態度は腹が立つ。

されど、乗せられてはなるまい。

半蔵を思いとどまらせるべく忠告を与える左近をよそに、右近は最初から挑発することしか考えていない。

もしも半蔵が逆上して挑みかかれば、即座に斬る気だ。

武士と武士の果たし合いは両成敗が基本だが、裁定は上つ方の判断次第で何とでもなる。あっさり返り討ちにされてしまい、相手の右近がお咎《とが》めなしでは無駄死にもいいところ。ここは耐え抜いてやり過ごし、警告に逆らう気はないと信じ込ませるしかなかった。

そんな半蔵の苦衷《くちゅう》をよそに、右近は更なる警句を投げかけた。

「端役《はやく》は端役らしゅうしておれと昨夜は申したが、覚悟があらば別に目立っても構わぬのだぞ。ま、仕損じれば後はあるまいがのう。はははは」

と、そこに左近が割り込んでくる。

「その辺りにしておけ……」

尚も嘲笑しようとする弟を押しとどめ、左近は言った。

右近はまだ収まらない。

「いいではないか、兄者ぁ」

「くどいぞ。もう良いと申したであろう。こちらの言うとおりにいたさば、それでいいのだ」

それ以上は有無を言わせず、左近は右近を引きずっていく。

たたずまいこそ飄々《ひょうひょう》としているが、膂力《りょりょく》の強さは弟以上だった。

兄弟が去り行くのを見届けて、半蔵も歩き出す。

その表情は険しかった。

昨日の今日で現れたことにより、三村兄弟が本気と気付いたからである。

（やはり、あの兄弟が出張って参ったのは鳥居めの差し金……か）

三村兄弟、とりわけ弟の右近が雇い主の意のままに動いていることを、半蔵はかねてより承知していた。

左近も右近も南町奉行に使役される身でありながら、定謙のために心から忠義を尽くしてきたわけではなかった。

と言うのも、真の雇い主がいるからである。

その名は鳥居耀蔵、四十六歳。

定員十名から成る公儀の目付の一人として旗本と御家人の行状を監察し、罪を犯せば摘発するのが本来の役目だが、老中首座の水野忠邦の厚い信頼の下で職権を超えた力を有し、今や市中の奢侈《しゃし》取り締まりまで任されている。

あの男ならば、何をしでかしてもおかしくない。

自らは表立つことなく、配下の小人目付《こびとめつけ》や徒目付《かち》、そして右近や左近といった子飼いの手駒を意のままに操って、あくまで密かに事を為すのが、耀蔵のいつものやり口である。

こたびも三村兄弟を使役し、さらには良材にも協力させて半蔵を牽制《けんせい》し、定謙を陥れるつもりなのだろう。

断じて、このまま放ってはおけない。

悪しき企《たくら》みを必ずや叩き潰し、定謙を救ってみせよう。

それは半蔵の意地だった。

そもそも、耀蔵のやり方が気に食わない。

男ならば、堂々と前に出るべきだ。

南町奉行の座が欲しければ、正面から定謙に挑めばいいではないか。

姑息《こそく》な手段しか用いようとしないとは、卑怯《ひきょう》な限りだ。

金井権兵衛に見せられた例の投げ文も十中八九、耀蔵の仕業に違いあるまいと半蔵は判じていた。

忠邦が推し進める幕政改革の眼目である奢侈禁止令を徹底させるため、耀蔵はかねてより多勢の配下を市中に放っている。

そんな持ち前の情報網を駆使すれば、伝蔵が辻斬りまがいの所業を繰り返していた事実を突き止め、これまで手にかけた人数を割り出すのも容易《たやす》いはず。

いつまでも、好き勝手にさせてはおくまい。

付け込む余地は十分に見出せる。

策士策に溺れるの譬《たと》えのとおり、耀蔵は墓穴を掘ったからである。

半蔵が目を付けたのは、投げ文が仮名文字ばかりだったこと。

漢字を知らぬ庶民が書いたと偽装したにしては達筆すぎるし、文面もそれなりに学のある士分の者が考えたと見なしていい。

投げ文で伝蔵の所業を告発し、定謙の動揺を誘うつもりだったのだろう。

小賢《こざか》しいことである。憎むべきことである。

断じて引き下がってはなるまい。

六

決意も固く、半蔵が向かった先は呉服橋の『笹のや』だった。

「よぉサンピン、当たりは付いたのかい？」

土間に足を踏み入れるなり、梅吉が板場から元気に声をかけてくる。

「昨日の話じゃ、俺にごづめってやつを頼みてぇんだろ？　後は姐《あね》さんに任せておけばいいようにしておくからよぉ、ちょいと待っててくんな」

口を動かしながらも、手は休んでいない。

約束どおりに今宵から半蔵と連携して行動するため、梅吉はいつもより早めに仕込みを済ませようと張り切っていた。

肴《さかな》さえ多めに作り置きしておけば、後はお駒が酒の燗《かん》を付け、客たちにお愛想を言ってくれるだけで、夜の商いは事足りる。梅吉としても心置きなく店を抜け出し、半蔵の手伝いができるというものだった。

「かたじけない……」

梅吉に微笑み返し、半蔵は二階に昇っていく。

店の二階は板張りの部屋。

半蔵はその一画を借り受け、影御用の支度部屋として用いていた。

行李《こうり》から取り出したのは、墨染めの単衣《ひとえ》と薄地の夏袴。

お駒が手入れを欠かさずにいてくれるおかげで、いつも着心地がいい。

裃を脱いで衣桁《いこう》に掛け、汗まみれの襦袢《じゅばん》を脱ぐ。

素裸になって手ぬぐいで体を拭くと、下着を乾いたものに改める。

そこに梯子《はしご》段を昇る音が聞こえてきた。

「お召し替えは済んだのかい、旦那」

「うむ」

「こんな時分から顔ぁ出したってことは、今日も早退けしたんだね」

「左様……」

「ははは、また下り腹の振りをしたんだろう」

照れ臭げに答える半蔵に、お駒は悪戯《いたずら》っぽい笑みを返す。

「そんな武骨な態《なり》をしているくせに、お前さんは芝居が上手いんだねぇ……」

「それも時によりけりだ。役者衆の如く、小器用には立ち回れぬよ」

「お前さんらしい物言いだねぇ。まぁ、そういうとこがいいんだけどさ」

明るく告げつつ、お駒は運んできた盆を床に置く。

「腹っ減らしだと思ったからさぁ、言われる前にこさえてきてやったよ」

そう言って供してくれたのは、塩むすびと浅漬け。むすびと漬け物が盛られた皿には、冷たい麦湯を満たした土瓶と碗が添えられていた。

「されば、有難く頂戴いたすぞ」

半蔵は笑顔で手を伸ばす。

いつも梅吉が拵《こしら》えてくれるのとは違って素っ気ない代物だが、麦混じりの飯を握ったむすびは、塩が多めに利かせてあるのがいい。

茄子《なす》と蕪《かぶ》の浅漬けも、かりっとした歯ごたえが心地良かった。

嬉々《きき》としてむすびを頬張る半蔵を、お駒はにこにこしながら見守っていた。

このところ、彼女はやけに親切だった。

半蔵にしてみれば嬉しい反面、奇妙に思わずにはいられない。

お駒はもとより梅吉も、元を正せば半蔵の敵である。

親の仇として定謙を討ち取り、本懐《ほんかい》を遂げることだけが二人の目的のはず。

他の者に定謙を倒されてしまっては困るため、やむなく半蔵と手を結んだだけの仲なのだ。

にも拘わらず、近頃のお駒と梅吉は妙に優しい。

とりわけお駒の近頃の打ち解けた態度は、少々気味が悪いほどだった。

ともあれ、出されたむすびは美味《うま》かった。

「どうだい、旦那？」

「うむ……良き味だ」

笑顔でうなずく半蔵に、ふっとお駒は笑みを誘われる。

続いて口にしたのは、無邪気な一言。

「ほーんと可愛いよねぇ、旦那ってさ……」

「えっ？」

「な、なんでもないよ！」

ハッとして、お駒は口を塞ぐ。

むすびを頬張る様を見守るうちに、思わず本音が出てしまったのだ。

弾みで、膝元の盆に置かれた麦湯の碗がひっくり返る。

「ご、ごめんよ」

こぼれた麦湯を拭くのもそこそこに、お駒は半蔵の背後に回る。

驚いた半蔵が、食べかけのむすびを喉《のど》に詰まらせたのだ。

「大丈夫かい？」

大きな背中をさする、お駒の表情は真剣そのもの。

落ち着いたと見なすや碗を元に戻し、土瓶に残った麦湯を注ぐ。

「う、うむ……」

目を白黒させつつ、半蔵は麦湯を飲み下す。

喉を詰まらせただけで、これほど動揺するはずもない。

お駒の意外な一言に困惑を、そして思わぬ昂ぶりを覚えていたのだ。

「ち、馳走になったな」

空にした碗を盆に戻すや、半蔵は早々に刀を提げて立ち上がる。

「もう少しゆっくりしていけばいいじゃないか、ねぇ」

「そうも参らぬ。しばし梅吉を借りる故、よしなに頼むぞ」

「そいつぁ承知の上だけどさ……」

「されば、御免」

引き留めようとするお駒に構わず、半蔵は梯子段を下っていく。

一階では仕込みを終えた梅吉が前掛けを外し、出かけるために身支度を調《ととの》えているところであった。

「どうしたサンピン？　顔が赤いぜ」

「な、何でもないわ」

「暑気《しょき》あたりじゃねーのかい。人様より頑丈にできてるからって、あんまり無理をしちゃいけねぇよ」

様子がおかしい半蔵を気遣いながらも、梅吉は身支度するのに余念がない。

板場で仕込みをしていて汗まみれになった単衣を脱ぎ、代わりに着込んだのは墨染めの裏地が付いた一着。人目を忍んで行動する必要が生じたときは裏返して袖を通し、帯を締め直せば盗っ人装束に早変わりできる。

板場で履いていた下駄に替えて、取り出したのは草鞋《わらじ》。十分に履き込まれてはいても、紐がちぎれるほど傷んではいない。屋根の上を駆けるときに嵌《は》める、滑り止めの金具を携帯することも梅吉は忘れなかった。

一方の半蔵も、足拵えに余念がなかった。

雪駄《せった》の代わりに履いたのは足半《あしなか》。書いて字の如く、足の裏の半分ほどの大きさしかない小型の草履は乱世の合戦場で足軽が愛用した、摺《す》り足で軽快に動き回るのに適した履き物である。

出かける支度をそれぞれ調えながら、半蔵と梅吉は言葉を交わす。

「それじゃ俺は佐久間って南の同心に張り付いて、妙な真似を二度とさせなきゃいいんだな？」

「左様……人相はこのとおり故、しかと頼む」

「へぇ、上手いもんじゃねーか」

差し出された似顔絵を前にして、梅吉は感心する。

半蔵のごつい手は、意外と器用にできている。

頭の回転こそ速いとは言い難いが、長いこと苦手にしていた算盤を弾くのが速くなったのも、生来の手先の器用さを生かしてのことだった。

「で？　お前さんはどうするんだい」

「数寄屋橋へ参る」

「数寄屋橋って……まさか南の番所（奉行所）に行くのかい？」

「少々調べたきことがある故な、日が暮れるのを待って忍び込む所存だ」

「どういうこったい。わざわざそんな真似をしなくても、金井とかって内与力に尋ねりゃ話は早いだろう」

「そうはいかぬ。金井殿は見張られておるのだ……迂闊な真似をいたさば、あの御仁も危ないであろうよ」

「一体《いってぇ》、誰がそんなことをするってんだい」

「…………」

「どうしたんだい？　黙ってねーで、教えてくれよ」

「……三村左近と右近。おぬしも先だって大川端でやり合《お》うた、凄腕揃いの双子の剣客よ」

梅吉に答える、半蔵の口調は重い。

できることなら、伏せたままにしておきたかった。

しかし隠していたのが仇《あだ》となり、梅吉が三村兄弟に襲われて取り返しの付かぬことになってしまっては、元も子もないだろう。

ならば前もって知らせておき、警戒を促したほうがいい。

案の定、梅吉は驚いた様子だった。

「そいつぁほんとかい、サンピン？」

「左様……」

「そうかい。あいつらが一枚嚙んでいやがるのかい」

「怖《お》じ気《け》づいたか、梅吉」

「へっ、おとといきやがれってんだ」

気遣う半蔵に、すかさず梅吉は毒づいた。

驚いたのは一瞬だけで、不敵な笑みまで浮かべているではないか。

物言いも、常に増して生意気そのものであった。

「この梅吉兄さんが、剣術遣いなんぞに後《おく》れを取るはずがねぇだろう？　舐《な》めた口を利きやがると承知しねぇぞ」

「おい、梅吉……」

半蔵の表情が険しくなった。

生意気な口の利き方に腹を立てたわけではない。

梅吉が虚勢を張るのはいつものことだ。

口が悪いのも、かねてより承知の上である。

だが、今の物言いは許せなかった。

この若者は、三村兄弟の恐ろしさが分かっていない。

舐めてかかれば危ないのは、梅吉のほうなのだ。

むやみに脅すのは良くないが、今日という今日は刀取る身の恐ろしさを、理解させなくてはなるまい。

怖い者知らずで、命を落としてほしくない。

そう思えばこそ、苦言を呈さずにはいられなかった。

怒鳴り出しそうになるのを堪えて、半蔵は静かに口を開く。

「人を舐めておるのはおぬしであろう、梅吉……」

「な、何でぇ」

「去る如月《きさらぎ》（二月）に、おぬしは独りで駿河守様を襲うたな」

「それがどうしたってんだい、サンピン」

凄まれても半蔵は動じない。

言うべきことを余さず言った上で、梅吉の反応を見るつもりだった。

「あの折におぬしを相手取り、手傷を負わせたのは金井殿ぞ」

「えっ、そうだったのかい？」

「見かけで腕の程を判じてはならぬ。平々凡々としておられるようで、あの御仁はひとかどの遣い手なのだ。まして三村兄弟は遥かに上を行っておる……」

半蔵は淡々とつぶやく。

お駒の思わぬ告白に上気した顔の火照《ほて》りも、すでに醒めきっていた。

強気な梅吉も、さすがに二の句を継げずにいる。

半蔵から軽んじられまいと虚勢を張りはしたものの、左近と右近が尋常でなく強いのは、もとより承知の上である。

お駒ともども大川端で襲われ、危ういところに助けに入ってくれた半蔵が手も足も出なかった光景を目の当たりにして、世の中は上には上がいるものだと痛感させられてもいた。

あの三村兄弟が、こたびも半蔵の邪魔をしようとしているのだ。

そう思い知ったのは良かったが、薬が効きすぎたらしい。

「……なぁ、サンピン」

「うむ」

「すまねーけど、俺、やっぱり止めるわ」

「何と申す!?」

「連中が出てきたんじゃ勝ち目はねーだろ。命あっての物種だぜぇ」

手を貸せば、梅吉も巻き込まれかねない。

こんな話を聞かされては、腰が引けるのも無理からぬことだった。

と、そこにお駒の声が聞こえてくる。

「何をガタガタしてるんだい、梅」

梯子段を降りながら、お駒は厳しく言い放つ。

半蔵とのやり取りは、二階まで届いていたらしい。

「姐さん……」

「男がやると決めたんなら四の五の言わずにやりやがれ！　旦那もだよ！」

お駒の言うとおりである。

最初から臆《おく》していては、何も始まるまい。

脅しに屈することなく佐久間伝蔵の暴挙を阻止《そし》し、その上で事件の背景にある真相を解き明かす。

そのために、今こそ力を合わせるべきなのだ。

ここで引き下がっては、男が廃《すた》る。

「ったく、仕方あるめぇ……。なぁサンピン、一丁、性根を据えてやってみるとしようかい」

「うむ……」

半蔵と梅吉は力強くうなずき合う。

「それそれ、その意気だよ」

腹を括った二人に、お駒は明るく笑いかける。

思わぬ本音が口をついて出たのを深く恥じ、半蔵が階下に行ってしまった後も二階で悶々としていたのと同一人とは思えない。

人を奮起させるのも、萎《な》えさせるのも、女という生き物の為せる業。

前向きになった女人には、男を奮い立たせる力が宿る。

むろん、誰にでも為し得ることとは違う。

二十歳を過ぎて久しいとは思えぬ可憐な外見をしていながら気が強く、それでいて独り善がりではなく、言うことに筋が通っているのがお駒の身上。

似ても似つかぬはずの佐和と、どこか重なる魅力であった。

第四章　修羅場の予兆

一

改めて心を合わせ、三人は探索を再開した。

梅吉は日暮れ前に仕込みを済ませて外出し、一日の勤めを終えた佐久間伝蔵の動きを見張る。

一方の半蔵は南町奉行所に忍《しの》び込み、伝蔵に関する資料を調べる。

そしてお駒は『笹のや』に残り、店番をしながら二人からの連絡を待つ役目を買って出たのだ。

かくして一夜が明け、三人は再び『笹のや』で顔を合わせた。

天窓から射し込む朝日がまぶしい。今日から六月である。

「安心しなよサンピン、あの佐久間って同心、どうやら心配なさそうだぜ」

「それはまことか、梅吉？」

「ったく、拍子抜けしちまったぜぇ」

半蔵は階下の土間で腰掛け代わりの空き樽《だる》に座り、お駒が注《つ》いでくれた麦湯を啜《すす》っていた。

一方の梅吉は、板場に立っている。

危なげなく包丁をコトコト動かし、刻んでいたのは大葉《おおば》。

傍《かたわ》らでお駒が甲斐甲斐しく擂《す》っている胡麻《ごま》ともども薬味にし、半蔵に朝餉《あさげ》の茶漬けを振る舞うつもりなのだ。

青さがまぶしい大葉を器用に刻みながら、梅吉はぼやく。

「夜な夜な辻斬りみてーな真似をしてやがるってお前さんが言ってたから、俺ぁ覚悟を決めていたのだぜ。それが数寄屋橋《すきやばし》から屋敷に真っ直ぐ帰って、朝になるまで一歩も出て来やしねぇ……回向院《えこういん》前の連中にやられそうになって、懲りたんじゃねぇのかなぁ」

「ならば良いのだが、な……」

解《げ》せぬ様子の半蔵は、明け方まで南町奉行所の書庫に潜《もぐ》り込んでいた。

過去の書類を調べるうちに疑わしいと目を付けたのは五年前、天保七年（一八三六）に実施された御救米《おすくいまい》の調達。

伝蔵のこれまでの職歴を遡《さかのぼ》るうちに、市中御救米取扱掛という特別な職を命じられていた時期があると知ったことが気になり、深く調べてみようと思い立ったのがきっかけだった。

当時の江戸は東北の飢饉《ききん》のしわ寄せで深刻な米不足に見舞われ、放っておけば飢えた民が米問屋や豪商の店々を襲撃し、貴重な米を強奪する打ちこわしの騒動が引き起こされかねない、極めて危険な状況に置かれていたものである。

そこで当時の南町奉行だった筒井伊賀守政憲《つついいがのかみまさのり》が事態の収拾を命じられ、公儀の調達した米が放出されたのだ。

この件に半蔵が目を付けたのは、特別な職というだけではない。

今一人、疑わしい人物が関わっていたからである。

その人物とは仁杉五郎左衛門、五十五歳。

町奉行に次ぐ存在の年番方与力であり、かつて南町で見習いの頃から同じ釜の飯を食ってきた吟味方の宇野幸内と共に、名与力と呼ばれた功労者だ。

しかし、このところ五郎左衛門の旗色は良くない。

支持する者が、目に見えて減っていたのだ。

南町奉行所では疑わしき者を容赦《ようしゃ》なく捕らえて罪に問い、裁きが下される傾向が強まっていた。

二

去る四月に新任の奉行として、定謙が南町に着任して以来のことである。

すでに名奉行と評判を取っていた北町の遠山景元に一日も早く追い付き、追い越すべく定謙が自腹を裂き、報奨金を出してまで配下の与力と同心を奮起させた結果だが、罪人にも情けをかけるのを身上とする五郎左衛門にしてみれば、冤罪《えんざい》が続出しかねない、近頃のやり方は目に余る。

かくして定謙の方針に異を唱えるに至ったものの、穏健派の五郎左衛門の考えを古臭いと一蹴した急進派が、今や主流と成りつつあった。

そんな急進派の先頭に立っていたのが、あの三村右近の上役に当たる、廻方の筆頭同心で堀口六左衛門《ほりぐちろくざえもん》という男。この六左衛門も書類を調べたところ、五年前の御救米調達に関与していたことが分かったのだ。

当時の同僚でありながら、伝蔵にとって六左衛門は憎むべき相手だった。

直属の上役でなくなっても五郎左衛門を慕《した》って止まない伝蔵に対し、六左衛門は冷淡そのもの。

さらには五郎左衛門を目の敵《かたき》にし、奉行の方針に従わぬ困り者として、露骨に煙《けむ》たがってさえいたのだ。

書類から知り得たことではない。

明け方まで奉行所で過ごした後、宿直《とのい》の同心に気付かれぬまま抜け出した半蔵が八丁堀に移動し、界隈《かいわい》の湯屋で聞き込んだ事実であった。

俗に言う八丁堀の七不思議に「女湯の刀掛け」とあるように、町奉行所勤めの与力は出仕前に湯屋へ立ち寄り、混み合う男湯と違って午前中はがら空きの女湯で一汗流す。

脱衣場に設けられた刀掛けは彼ら専用の備えであり、本来は与力が用いるものだったが、同心が真似をするのも大目に見られていた。

「それで喧嘩《けんか》がおっ始《ぱじ》まったのかい、旦那？」

「うむ。何とも大人げない様《さま》であったよ……」

驚くお駒に、半蔵は憤懣《ふんまん》やるかたない様子でうなずき返す。

女湯に入っても差し支えがないのは与力と同心のみであり、あくまで男湯から様子を窺《うかが》っただけだったが、穏健派の五郎左衛門と急進派の六左衛門は町奉行所の外でも対立していた。

「番台の辺りから覗いてみたところ、堀口と思《おぼ》しき男が佐久間に殴られて鼻血を出しておったよ。その佐久間も他の同心衆に跳びかかられ、こっぴどくやられておったがな」

「そんなことなら、俺も野次馬を決め込んでみりゃ良かったぜ……それにしても上がり湯を奪い合って喧嘩するたぁ、八丁堀の旦那衆ともあろう者が、ずいぶん子どもじみた真似をするじゃねーか」

「人の有り様《よう》は、大きゅうなってもさほど変わらぬものだ。それにしても民に範を示すべき町方役人があの体《てい》たらくでは……な」

「ったく、しょうがねーな」

「うむ……」

梅吉と半蔵は苦笑を交わし合う。

そんな二人を励ますべく、お駒は明るく声を張り上げる。

「ほら！　つまんないごたくを並べてないで、さっさと食っちまいなよ！」

飯台にお駒が並べた碗には、炊きたての飯が盛りつけてある。

熱い茶をたっぷりと注いだ上から、お駒は胡麻と大葉を景気よく散らす。

香ばしく立ち上る湯気が、男たちの空きっ腹に心地よく染み渡る。

いつまでも愚痴《ぐち》を言っていたところで、仕方があるまい。

「ほらよ、サンピン」

「かたじけない」

梅吉が寄越した箸を、半蔵は笑顔で受け取る。

お駒も隣にちょこんと座り、三人は揃《そろ》って茶漬けを啜る。

徹夜明けの疲れも癒《いや》される、そんな朝餉であった。

「……馳走になった」

飯粒ひとつ残さず空にした碗を飯台に置き、半蔵は立ち上がる。

「もう行っちまうのかい、旦那？」

お駒が切なげな視線を向ける。

梅吉も、どことなく名残《なごり》惜しそうだった。

付き合い始めて半年の三人が、こうして朝餉を共にしたのは始めてのこと。

もとより友達でも何でもない、元を正せば仇討ちを巡って争う間柄である。

そんな中にも情が芽生え始め、昨夜はかつてない結束もできた。

しかし、馴染みすぎてもうまくない。

「おぬしたちは商いがあるのだろう。早う暖簾《のれん》を出さねば、馴染みの連中が朝餉を食いっぱぐれてしまうぞ」

「そりゃそうだけどさ……」

食い下がるお駒の表情は切ない。

「後は拙者《せっしゃ》が調べを付ける故、大事ない。世話になったな」

二人に向かって謝意を述べ、半蔵は踵《きびす》を返す。

今日は一日、勤めを休むつもりだった。

佐和が事情を知れば激怒するに違いなかったが、このまま放っておけば佐久間伝蔵は何をしでかすか分からない。

説得して思いとどまる程度であれば、一昨夜でケリは付いたはず。

当人は義挙のつもりならば気の毒ではあるが、ここはしかるべき証拠を揃えた上で定謙に進言し、南町奉行の威光の下で身柄を拘束してもらうしかあるまいと半蔵は見なしていた。

先夜に伝蔵が口にした「義」とは、敬愛する名与力の立場を悪くした裏切り者——

堀口六左衛門を討つことではないか。

他愛のない喧嘩で殴り付けるぐらいで済めば、まだいい。

しかし刃傷沙汰にまで発展してしまっては、取り返しが付くまい。

下手をすれば、南町奉行の進退にまで関わる大事なのだ。

三村兄弟の動向も看過できない。

左近と右近が半蔵を再三恫喝し、手を引かせようとしているのは伝蔵の義挙を利用して定謙に管理不行き届きの責を負わせ、失脚させようと目論《もくろ》んでいるからではあるまいか——。

斯様《かよう》に考え合わせれば、得心が行く。

躍起《やっき》になって伝蔵が辻斬りまがいの所業を繰り返し、腕を磨いていたのも憎い六左衛門を確実に、邪魔が入る前に討ち果たすためだったと見なせば、不可解なことでも何でもなかった。

そもそも人を斬るのは、簡単なこととは違う。

刃を向けられた相手が大人しくしていてくれるはずもなく、反撃を試みるのを制するか、あるいは逃げ出したのを追いかけ、致命傷を与えなくてはならない。

ほとんどの場合には邪魔が入り、未遂に終わってしまうのが常なのだ。

まして伝蔵は剣術の修行を積んだ身ではなく、心得があるのは町奉行所勤めを通じて覚える機会を得た、試し斬りの術技のみ。

むろん、半蔵は侮《あなど》ってなどいない。

腕試しを重ねて勘を養い、腹を据えて決行に及べば、一刀の下というわけにはいかずとも人の命は断てる。

伝蔵が後のことを考えず、責を取って自らも詰め腹を切る羽目になることまで覚悟を決めた者を止めているとすれば、急がねばなるまい。

呉服橋を後にした半蔵が大川を越え、向かった先は深川の佐賀町。

五年前の御救米調達に協力した、米問屋を訪ねるためだった。

道すがら、半蔵は市井《しせい》の声も集めてみた。

定謙の強権を以《もっ》て伝蔵の行動を阻止《そし》するにしても、少しは救いがなければ素直に言うことは聞くまい。

当時の御救米に対する感謝の声を聞き取り、併せて報告してやりたい。

そうすれば伝蔵も心を動かされ、愚《おろ》かな真似をすれば五郎左衛門の過去の名声に泥を塗ってしまうと気付くのではあるまいか。

しかし、結果は無惨なものだった。

「これ、率爾《そつじ》ながら物を尋ねたいのだが」

「何ですか、お武家様」

「そなた、仁杉五郎左衛門殿を存じておるか？」

「さぁ……」

「今を去ること五年前、御救米の買い付けに力を尽くされし御仁だ」

「馬鹿を言われちゃ困りますよ、お武家様。みんな今日をやり繰りするだけでも精一杯なのに、そんな昔のことなんて誰も覚えちゃいませんよ」

できるだけ人の良さそうな者を選んで声をかけても、返されるのは素っ気ない答えばかり。現場で尽力した佐久間伝蔵と堀口六左衛門ばかりか、陣頭で指揮を振るったはずの仁杉五郎左衛門のことさえ、誰一人として思い出しもしなかったのである。

庶民とは、何と薄情なものなのか。

聞き込みを続けるほどに、半蔵はそう思わずにはいられなかった。

五年も前に振る舞われた御救米のこと自体、誰もが忘れてしまっている。

調達を任された米問屋さえ、当時の記憶は曖昧《あいまい》だった。

「そんなこともありましたがね、今は昔でございますよ。もとより商いとも言うに言えない、利の薄きものでありましたのでねぇ……」

「それとこれとは別であろう」

又兵衛《またべえ》と名乗るあるじに、半蔵は憤然と問い返す。

「そのほうらは江戸の民のためを想い、仁杉殿ら町方の熱意に応えて、力を尽くしたのではなかったのか」

「いーえ。何事も、あくまで商いにございます」

「………」

半蔵は溜め息を吐く。まるっきり、話にならない。

しかし、ここで諦《あきら》めてはなるまい。

気持ちを切り替え、半蔵はさりげなく問いかけた。

「おぬしはともかく、奉公人たちは違うであろう？」

「何のことですか、お武家様」

「御救米を買い付けに出向かせた手代どもが居るであろう。会わせてくれぬか」

「そ、それが……お生憎《あいにく》でございますが、もう誰も……」

「何としたのだ。なぜ居《お》らぬのだ？」

「そ、揃いも揃って厄介者ばかりにございますれば、ひ、暇を出しまして……」

話題が奉公人のことになったとたん、又兵衛は狼狽《ろうばい》した声を上げた。

これは怪しい。厄介者をお払い箱にしただけならば、何も怯えることはない。

手代たちのその後について、又兵衛は知っているのだ。

「答えられぬと申すのならば、教えて遣わそう」

半蔵は淡々と続けて言った。

「ちょうど一年前か……大川に上がった土左衛門《どざえもん》について、そなたは北町の取り調べを受けておるな？」

「ど、どうしてそれを」

「廻方に存じ寄りの者が居るのだ。その折は口を閉ざして何も明かさなんだそうだが、いつまでも黙《だんま》りが通じると思うでないぞ」

「ご、ご無体な」

「無体なのは仁杉殿の恩義を忘れし、そなたであろう。越後まで米の買い付けに出向きし手代どもが道中にて浮かれ騒ぎ、畏《おそ》れ多くも公金を酒食遊興に流用せし咎《とが》を帳消しにしてくれた恩を忘れおって。この罰当たりめが」

畳みかける半蔵の口調は冷静そのもの。

佐和にやり込められるときの逆を行ったのである。

又兵衛に対する的確な尋問は、南町奉行所の書庫から見つけた調書を基にしたものだった。

昨年の夏、大川で複数の不審な死体が発見された。入念な検屍《けんし》の結果、縄で縛られて拷問された末に、一刀の下に斬られて果てていたことが判明したという。

調べを付けたのは北町の廻方同心で、半蔵とは旧知の仲の高田俊平。故あって仲違《なかたが》いしているものの、優秀なのは半蔵も承知の上。岡っ引きとして配下に付いている政吉《まさきち》も、年季の入った男であった。

あの二人には、更に宇野幸内まで付いている。

南町の書庫に残されていた調書は、吟味方の与力だった幸内が五年前に不埒《ふらち》な手代たちを取り調べたときの記録だった。

その記録によると、仁杉五郎左衛門は当初は別の御用商人に任せていた御救米の調達が遅々として進まぬのに見切りを付け、自ら見出した又兵衛の店に代役を申し付けたという。ところが米の買い付けに赴《おもむ》かせた手代たちが預かった公金を旅先で使い込み、本来であれば重い罪に問われるところを五郎左衛門の取りなしで事なきを得て、失われた三百両も密かに補塡されたとのことだった。

かくして無罪放免されたはずの手代たちが、死体となって見つかったのだ。

裏があると俊平が見なし、幸内の力を借りて探索に奔走《ほんそう》したのも当然の話。

だが、懸命の探索も功を奏さなかった。

南町の書庫に残されていた五年前の調書には追記として、五郎左衛門の記した付箋《ふせん》が貼られていた。

結局のところ探索は打ち切られ、真相は分からずじまい。遺憾《いかん》なことであると五郎左衛門は認めていたのである。

俊平と政吉、そして幸内を以てしても埒が明かなかったとなれば、当時の手代たちは、よほどの大物に口を封じられたと見なしていい。

（鳥居耀蔵……か）

あの男が事を為した後には、亡骸《なきがら》が付き物だ。

五郎左衛門に罪を着せる動機があるのは、耀蔵以外に考えられない。

生き証人だった手代たちさえいなければ死人に口なしで、消えた三百両を着服したとでっち上げることもできるからだ。

与力にあらぬ罪を着せ、その罪を町奉行の責任にする。

耀蔵が定謙を罷免《ひめん》に追い込んで後釜に座るつもりであれば、御救米の買い付けに伴う不祥事はうってつけのネタだった。

それにしても、報われないのは口封じをされた手代たちだ。

本来ならば使い込みの責を問われ、裁きの場に引き出されて、しかるべき罰を受けなくてはならない連中だった。

とはいえ、命まで奪うことはあるまい。

今となっては手遅れだが、せめて真相は究明してやりたい。

斯様に決意して深川まで出向いた半蔵だったが、又兵衛は本当に何も知らない様子であった。

「ご勘弁くださいまし、お武家様……」

太った体を折り曲げて、又兵衛は頭を下げるばかり。

佐和にやり込められたときの自分を見ているようで、いたたまれない。

それ以上は問い詰められず、引き上げるより他になかった。

三

呉服橋に引き上げていく、半蔵の足取りは重い。

すでに正午を過ぎていた。

収穫らしい収穫もなかったが、定謙への進言も急がれる。

ともあれ『笹のや』で一息入れ、速やかに数寄屋橋へ向かうつもりだった。

「そいつぁ大変だったねぇ……はい旦那、よーく冷やしておいたからね」

「かたじけない……」

渇いた喉《のど》に、お駒の心づくしの麦湯が心地よい。

一方の梅吉は半蔵の話を聞いた後、じっと考え込んでいた。

「何としたのだ、おぬし？」

「いや……手代どもを殺《や》ったのは、どっちだろうなって思ってな……」

「えっ」

「とぼけるない、仁杉が口を封じたってことも有り得るじゃねーか？」

「いや、それは違うぞ」

梅吉の呈した疑問を、半蔵はすぐさま打ち消す。

「仁杉殿にしてみれば、手代どもが生きておったほうが都合はいいのだ。証人がいなければ、やってもおらぬことまで押し付けられるであろうが？」

「ああ、そうか……」

「鳥居が狙うておるのは仁杉殿、ひいてはお奉行の駿河守様だ。南町を乗っ取るために、手段を選ばぬ所存なのであろう」

「けっ、汚ねぇ野郎だ」

「なればこそ、手を打たねばならぬのだ」

「お前さん、本気で鳥居とやり合う気かい？」

毒づく梅吉をよそに、お駒は不安を拭《ぬぐ》えぬ様子だった。

「鳥居と事を構えたら、あの兄弟が出てくるんだろう？　幾らお前さんが強くてもさぁ、あいつらにゃ太刀打ちなんかできないよ」

「そうだぜサンピン、無茶をするもんじゃねーぜ」

梅吉も案じ顔になっていた。

しかし、半蔵の決意は揺るがない。

「今はやらねばならぬのだ。お奉行のためにもな」

「旦那……」

「手数をかけたな、おぬしたち」

礼を述べる半蔵の表情は、穏やかそのもの。

決意も固く数寄屋橋に赴き、定謙に謹《つつし》んで進言するつもりであった。

四

しかし、半蔵の覚悟は報われなかった。

権兵衛を介して面談することは叶ったものの、久しぶりに顔を合わせた定謙は半蔵の進言を一笑に付しただけだったのである。

「ははははは、しばらくぶりに参ったと思うたら、おかしなことを申すのう」

「されど、お奉行」

「黙り居れ。鳥居は儂《わし》の盟友ぞ。左様《さよう》な馬鹿げたことがあるはずがなかろう」

定謙は御先手組の家に生まれ、幼い頃から鍛《きた》えられてきた身。

年は取っても、威厳がある。

恐れ入るばかりの半蔵は、実は定謙こそが耀蔵と手を組んで、五郎左衛門が見逃した手代たちを殺害させた張本人である事実を知らない。そこまで悪辣《あくらつ》な真似をする男とは、思ってもいなかった。

「下がれ」

退去を命じる、定謙の態度は堂々たるもの。

半蔵に事実を明かすことなく、問答無用で退散させたのだ。

定謙の中では、すべて終わったことである。

それに前任の南町奉行だった筒井政憲を失脚させるネタにはしたものの、五郎左衛門まで奉行所から追い出すつもりはない。

自分の邪魔さえしなければ目障りなのを辛抱し、今後も現職に留め置いてやるつもりであった。

そうは言っても悩みの種。できることならば、取り除きたい。

しかし、急いて策を錬るつもりはなかった。

南町奉行の職を得るために躍起になっていた頃と違って、定謙はすっかり丸くなっていたからである。

「早う隠居さえ願い出てくれれば、すべて丸う収まるものを……仁杉め、まことにしぶとき奴じゃのう……」

苦笑する定謙は、やがて起こる事件を予想できていなかった。

半蔵が失意のうちに南町奉行所を後にしたとき、年番方の用部屋では仁杉五郎左衛門が佐久間伝蔵を呼び出していた。

「愚かな真似は止めにせい、佐久間」

人払いがされた座敷に、重々しい声が響き渡る。

「仁杉様、されど！」

食い下がる伝蔵は、頬に痣《あざ》ができていた。

黄八丈と黒羽織で隠された体も、早朝の湯屋での喧嘩騒ぎで拵えた青痣だらけになっている。

すべては五郎左衛門を敬愛して止まない、一途な心の証しであった。

そんな伝蔵に謝しながらも、五郎左衛門は苦言を呈するばかり。

「おぬしの気持ちは嬉しい……されど、事を荒立ててはなるまい」

「弱気なことを仰《おお》せられますな、仁杉様」

伝蔵は懸命に掻き口説く。

「貴殿の御為ならば、それがしは命など惜しくはありませぬぞ！」

「もういいのだ。どうか自重してくれい」

「仁杉様……」

がっくりと肩を落とす伝蔵は、件《くだん》の投げ文を認《したた》めたのが五郎左衛門である事実を知らない。

書庫で見つけた調書の筆跡から、すでに半蔵は気付いていることだった。

八丁堀の夜が更けてゆく。

やるせない気持ちを抱えた伝蔵は、組屋敷の庭で試し斬りに励んでいた。

よほど大量の巻き藁《わら》を用意したらしく、刃音は絶えることなく聞こえてくる。

「エーイ！　ヤーッ!!」

渾身の気合いも、止むことがない。

すでに一刻は経っている。

体力だけでは為し得ぬことだ。

尋常ではなく、伝蔵は思い詰めている。

止めたところで、聞く耳など持つまい。

この場に半蔵がいれば、たとえ腕をへし折ってでも、愚かな行動に走らぬようにさせていたことだろう。

しかし、半蔵の姿は見当たらない。

今宵《こよい》こそ張り込むべきだったのに、駿河台《するがだい》の屋敷に連れ戻されてしまっていたのであった。

第五章　妖怪の仕掛け始め

一

たった一夜が明けただけでも、敷居が高くなってしまう。

笠井家においては、それも珍しいことではない。

半蔵は玄関に正座させられ、気まずい沈黙に耐えていた。

またしても佐和は浮気を疑い、責めるつもりに違いない。

さもなくば『笹のや』に乗り込んで引っ立てるという無作法を、慎《つつし》み深いのが当然の旗本の妻女が働くはずがなかった。

「……お前さま」

長い沈黙を経て、ようやく佐和が口を開いた。

「はきとお答えくださいませ」

重々しい声が半蔵の耳朶《じだ》を打つ。

「一体いつまで、南のお奉行に肩入れをなさるおつもりなのですか」

「えっ」

半蔵は息を呑む。

問われたのは意外なことだった。

半蔵が人知れず動いていたのは、勘定奉行の密命を帯びてのこと。

佐和は、そう思い込んでいたはずだ。

何故に町奉行、しかも南町と言い当てたのか。

「だ、誰から左様《さよう》に聞いたのだ？」

「お黙りなされ！」

「ひっ」

厳しく叱《しか》り付けられ、半蔵は巨軀を震わせる。

こうなれば口を閉ざし、嵐が過ぎ去るのを待つしかあるまい——。

重苦しい沈黙が、しばし続いた。

（何を考えておられるのですか、お前さま）

半蔵を睨《にら》み付けながらも、佐和は心配でならなかった。

婿《むこ》入りして十年にして勘定所勤めを何とかそつなくこなせるようになり、孫七がこっそり明かしてくれたところによると、良材も妙なこと——影御用を命じてこなくなったというのだから、表向きの御用のみにせいぜい励み、大人しくしていればいいではないか。

どうして半蔵は、自分から厄介事に首を突っ込もうとするのだろうか。

佐和には理解のできないことだった。

ただでさえ、夫は上《うえ》つ方《かた》に利用されやすい。

なまじ剣の腕が立ち、御庭番だった亡き祖父仕込みの忍《しの》びの術まで身に付けているとなれば、便利に使われがちなのも無理からぬこと。

しかも、当の半蔵に利用されているつもりはない。

半蔵に言わせれば、自ら首を突っ込んだのは当初だけのことである。

辛《つら》い日常の憂《う》さを晴らすため、影御用を楽しんでいたのも事実。

だが、今は違う。

苦手な算盤《そろばん》を克服し、佐和との夫婦仲が良好になりつつある今は、誰の密命も進んで承るつもりはない。

そんな半蔵が定謙に肩入れせずにいられぬのは、権力欲に取り憑《っ》かれた上つ方の中で唯一、好感の持てる人物だからである。

知らないところで非情な真似をしているとしても、性根まで腐りきった外道だとは考え難い。

少なくとも、耀蔵や良材よりはマシなはず。

そう信じていればこそ、まだ肩入れしたいのだ。

愛する妻から止められようと、これだけは譲れない。

「もう二度となさらぬとお約束くだされ、お前さま……」

佐和の声は涙混じりになっていた。

「……………」

それでも、半蔵は約束ができない。

定謙が自分の進言を受け入れ、佐久間伝蔵が暴挙に走るのを抑えた上で、仁杉五郎左衛門を厚く用いるようにしてもらいたい。

さすれば耀蔵も南町に付け入る隙を見出せず、三村右近も役に立つまい。

ここで引き下がっては駄目なのだ。

明日も数寄屋橋に赴き、定謙に面会を申し入れるのだ。

「聞いておられるのですか、お前さま！」

夏の夜が更けゆく中、佐和の声が空《むな》しく響く。

日付が変わり、今日は六月二日だった。

二

夏の夜が静かに更けていった。

半蔵と佐和が別々に床を取り、それぞれに眠れぬ時を持て余していた頃、呉服橋《ごふくばし》の『笹のや』は今宵《こよい》も大繁盛。

倹約令に反すると公儀の小人目付衆から有らぬ言いがかりを付けられ、一時は危ぶまれた商いも、すっかり持ち直していた。

わずか十坪の土間に並んだ飯台は、どこも満席。

腰掛け代わりの空き樽に座ることができず、客で一杯の飯台の端に酒と肴《さかな》だけ置かせてもらって、立ち呑みする者までいる始末。

「女将《おかみ》さん、お銚子《ちょうし》をもう一本くんねぇか」

「おーい、頼んだのはこっちが先だぜぇ！」

「はいはい、どなたさまもすぐにお持ちしますからねー」

お駒は笑顔を絶やすことなく、寿司詰めの客をもてなすのに大忙し。

梅吉の姿は見当たらない。

半蔵から頼まれたわけではなかったが、念のために今夜も佐久間伝蔵の見張りに出向いたのだ。

出かける前に仕込みを済ませてくれたとはいえ、接客から料理の盛りつけまで一人でこなすとなれば、いつもより大変なのも当たり前。

つい先頃までのお駒ならば早々に嫌気が差して、愛想笑いを振り撒くのも阿呆《あほ》らしくなったことだろう。

何も商いをするために江戸に居着いたわけではなく、この店も仇討《あだう》ちを果たすまで世を欺《あざむ》くための、隠れ家にすぎないからだ。

ところが今宵のお駒は常にも増して、潑剌《はつらつ》と立ち働いている。

こうして無事に暮らしていられるのは、半蔵のおかげ。

そう思い、心から感謝していればこそ、何事も苦にはならないのだ。

店を続けられるかどうかの瀬戸際だったのを思えば、愚痴《ぐち》など口にしては罰が当たるというもの。

（ほんと、旦那にゃ助けられたねぇ……）

並べたちろりに酒を注《つ》ぎながら、ふっとお駒は微笑《ほほえ》む。

腕利き揃《ぞろ》いの小人目付衆も、半蔵には手も足も出ない。

再三に亘《わた》って撃退され、痛い目に遭わされて懲りたらしく、近頃は文句ひとつ付けてこなかった。

恩を受けたからには、こちらも骨を折るのは当然のこと。

一人で店を切り盛りするぐらい、どうということもなかった。

熱を帯びた取っ手をお駒は事も無げに握り、温まったちろりを引き上げる。

手際よく燗酒《かんびん》を用意する一方で、裏の井戸に吊しておいた甕《かめ》を持ってくるのも忘れない。

甕から銚子に注いだのは、焼酎をみりんで割って冷やした本直《ほんなお》し。

ちろりと銚子を幾本も並べて盆に載せ、お駒は客席に運んでいく。

「お待たせしましたねぇ、はい、どうぞ」

「おお、すまねぇな」

「これこれ、やっぱり夏はこいつに限るぜぇ」

待ち侘《わ》びた様子でちろりを受け取った人足の隣で、いかつい駕籠《かご》かきが嬉々《きき》として銚子を傾ける。

夏場に呑み助が口にするのは冷や酒というのが江戸での習いだが、この『笹のや』では燗酒か、本直しを好む客が多い。

店の常連は力仕事の人足や駕籠かき、船頭といった者ばかり。酔いが早く回る上に冷や酒と違って翌日まで残らず、スッキリ目が覚める燗酒や本直しのほうが、朝の早い稼業には都合がいい。しこたま呑んだ翌朝に迎え酒を口にしていられるほど、暇な身ではないからだ。

仕事を始める前に十六文の丼物で朝餉《あさげ》を済ませ、日が暮れるまで身を粉にして働いた後は再び『笹のや』に立ち寄って、一献《いっこん》傾けていくのが彼らの習慣。

若くて可憐《かれん》な女将が実は盗っ人あがりで親の仇《かたき》を狙っているとは、一人として気付いていない。

それでいて、このところ様子がおかしいのは誰もが承知の上だった。

「何かいいことでもあったのかい、女将さん？」

「そんなの決まってんだろ。男だよ、男ぉ」

「嫌ぁだ、そんな人なんかいるはずないでしょ」

からかう人足と駕籠かきに、お駒は明るく微笑み返す。

実のところは、見抜かれたとおりであった。

（笠井の旦那は、あたしのことをどう想ってくれてるのかなぁ……）

それは兄妹同然の梅吉にも明かせない、お駒の秘めたる慕情《ぼじょう》だった。

最初の頃は、仇討ちを阻《はば》む邪魔者だとしか思っていなかった。

矢部定謙を襲撃したのを阻止《そし》される以前、単なる店の常連だった当時には愛想笑いをいちいち真に受けて目を輝かせる初心《うぶ》さを小馬鹿にし、陰で梅吉と笑い話のネタにしていたものである。

まさか、そんな相手にいつの間にか恋心を抱《いだ》くとは――。

お駒自身、思ってもみなかったことである。

とはいえ、軽はずみな真似に及ぼうとは考えてもいない。

半蔵はすでに妻を持つ身。しかも婿養子。浮気などさせてしまえば、身ひとつで笠井家から叩き出されるのは必定《ひつじょう》。

まして、妻はあの佐和なのである。

半蔵はむろんのこと、お駒も無事では済むまい。

本物の悪妻ならば、こちらで奪ってやってもいいだろう。

だが、佐和は愚《おろ》かな女人とは違う。家付き娘だから半蔵に偉そうに振る舞っているのではなく、生まれながらに心が高潔であればこそ、夫を含めた余人の怠惰さや無能さが見逃せないだけなのだ。

佐和と間近で接するうちに、お駒はそう思えるようになっていた。

たしかに、これまでの半蔵は怠《なま》けていたと思う。

その気になれば常人以上の力を発揮できるのに、佐和に萎縮するばかりで十年も過ごしてきたのである。

あれほど美しい女を娶《めと》っていれば無理もあるまいが、甘やかしては伸びる才も埋もれてしまう。

そんな佐和の考えを理解していながら、うっかり口を滑らせてしまったことが今さらながら悔やまれる。

幸いにも、半蔵はお駒が本気だとは思っていないらしい。

佐久間伝蔵の一件が気がかりなだけなのかもしれなかったが、告白されたのを幸いとばかりに言い寄ってくる素振りなど、まったく見せずにいる。

斯様《かよう》な男だからこそ、お駒も好きになったのだ。

(どっちにしたって、佐和様がいなさる限りはどうしようもないけどねぇ……)

切ない胸の内を知る由《よし》もなく、客たちは酔いに任せて食い下がる。

「やっぱり怪しいなぁ」

「まさか、相手はあの二本棒かい？」

「止めてくださいな。違うって言ってるでしょ！」

照れ隠しに、お駒は手にした盆でひっぱたく。

可憐な外見に似ず、幼い頃から盗っ人修行で鍛えた腕力は強い。

「す、すみません！」

お駒は慌てた声を上げる。

飯台に頭をぶつけた駕籠かきが、たちまち気を失ってしまったのだ。

「あーあ、野暮《やぼ》な真似をしやがるから……」

「すまねぇな女将さん。勘定はちょいと色を付けて置いてくからよぉ、勘弁してやってくんな」

連れの男たちは怒り出しもせず、気を失った仲間を担いで引き上げていく。

「申し訳ありませんねぇ、お大事になさってくださいな」

駕籠かきの一団を送り出す、お駒の胸中は複雑だった。

「あのー女将さん、本直しのお代わりを頼んでもいいかい……？」

「こっちも燗酒を頼みてぇんだけどなぁ」

「はいはい、すみませんねぇ、お騒がせしちまって」

笑顔で注文を受けながらも、やはり落ち着かない。

半蔵のことを指摘されたからとは違う。

今のような粗相をしてしまってもあっさりと許されるほど、贔屓《ひいき》にされている現実に戸惑いを覚えていたのだ。

客の立場にしてみれば、当然のことである。

不景気の続く中、可愛い女将に安くて美味《うま》い朝餉と晩酌を供してもらえる『笹のや』は、界隈《かいわい》の男たちにとって格別の癒《いや》しの場。

しかも昨今は、庶民の贅沢《ぜいたく》を禁止した倹約令で市中の岡場所が締め付けられるばかりか、料理屋や居酒屋までが商いを制限されつつある。小人目付衆がなぜか見て見ぬ振りをしているだけでも、この『笹のや』は貴重な存在だった。

お駒の想い人が誰であれ、店さえ続けてくれれば、それでいい。

そう願っていればこそ、みんな行儀が良いのだ。

酒を呑ませる店で女将や酌婦をからかうぐらいは当たり前のはずなのに、節度を保つことを進んで心がけているのだ。

仇討ちを果たすための隠れ蓑《みの》でしかなかったはずの商いが、斯くも客たちの心を捕らえていたのである。

本懐を遂げたら早々に店を畳まなくてはならないのに、困ったことだった。

お駒が梅吉と共に仇と狙う矢部定謙は、天下の南町奉行。

しかも二人が為そうとしているのは公に許された仇討ちではなく、勝手な意趣返しにすぎない。

幕閣《ばっかく》の要人でもある定謙を手にかければ、もはや江戸には居られなくなる。店の常連たちはもとより、半蔵とも別れなくてはならないのだ。

このまま定謙を狙い続けてもいいものか。

いっそのこと、仇討ちなど止めてしまうべきではあるまいか——。

(だめ、だめ。そんなこと、できやしないよ!)

ハッとお駒は我に返る。

いつの間にか、ちろりが煮立っていた。

もうもうと上がる湯気は酒臭い。

ちろりに冷や酒を足していく、お駒の動きは冷静そのもの。

初心を貫くためには、余計なことを考えてはいけない。

自分が為すべきことは、義父の仇討ち。定謙には母親まで酷い目に遭わされているのだ。実の父親であっても、許すわけにはいくまい。

決意も新たに、お駒はてきぱきと立ち働く。

商いも、半蔵との付き合いも、仇討ちを遂げたときが縁の切れ目。

そのときは迷うことなく、江戸を離れよう。

未練を残せば、余計に辛くなる。

せめて今だけは明るく、潑剌と過ごしていよう。

そう思ったとたん、ふっと胸のつかえが下りた。

程よく冷めたちろりを盆に載せ、お駒は客のところに運んでいく。

「はいどうぞ。お騒がせしちまったお詫びに、ちょいと濃いめにしておきましたからね」

「しょうがねぇなぁ、要は沸かしちまったんだろ？」

「まぁまぁ、いいじゃねーか……おっ、ほんとに濃いや」

「さすがは女将さんだぜ。他の店なら、湯で割ったのをすっとぼけて出しやがるところだろうよ」

船頭の一団はお駒の粗相を咎《とが》めもせずに、笑顔でちろりを傾ける。

お駒はてきぱきとしていながらも、どこか抜けている。

そんな素人《しろうと》めいた部分が、荒くればかりの客からすれば好もしい。

まさか女将も板前も盗っ人あがりとは知る由もなく、今宵も誰もが心地よく時を過ごしていた。

このささやかな楽しみがいつまでも続かないとは、思いもよらずに——。

三

その頃、梅吉は佐久間伝蔵の組屋敷の前に潜《ひそ》んでいた。

町奉行所勤めの与力と同心が集住する八丁堀は、呉服橋とは目と鼻の先。

与力と違って、同心があてがわれた屋敷はごく小さい。

およそ三百坪はある敷地に隠居所や土蔵、奉公人のための長屋まで設けられている与力の邸宅に対し、同心の屋敷地は九十坪余り。

一応は将軍家直参の御家人であっても部屋数は少なく、庭も狭い。

大坂でいっぱしの盗っ人として鳴らした梅吉にとっては、奥の奥まで忍び込むのも容易《たやす》いことだ。

しかし、今宵はわざわざ潜入するまでもなかった。

伝蔵が何をしているのか、門前に立っただけですぐに分かったのである。

「ヤーッ！　エーィ!!」

気迫に満ちた声が、先程から途切れることなく続いている。

盗っ人の常として、梅吉は夜目が利く上に耳も敏《さと》い。伝蔵に断たれた巻き藁が転がり落ちる音まで、はっきりと聞こえていた。

（こいつぁ昨夜までとは様子が違うぜ……。奴《やっこ》さん、かなり思い詰めていやがるんだなぁ……）

段違いなのは、気合いだけではない。

前日の夜にも増して、伝蔵は大量の巻き藁を用意しているらしかった。

（これで三十本目か……俺が来る前《めえ》からおっ始《ぱじ》めていたとなりゃ四、五十本がとこはぶった斬ったんじゃねぇのかい……）

梅吉の読みどおりだとすれば、尋常なことではなかった。

佩刀《はいとう》の切れ味を試すだけでなく、心胆を錬るために気合いを込めて取り組んでいるのだとしても、余りに数が多すぎる。

第一、巻き藁は拵《こしら》えるのも手間がかかるはず。

(たしか畳表を竹に巻いたのを、たっぷり一晩は水に漬けておくんだよなぁ……奉公人を抱えていないとなりゃ、ご新造にやらせているのかねぇ……)

家事の他に重労働を強いられる妻こそ気の毒なものだが、これほどまでに夫が思い詰めていては否応なく、命じられるがままにせざるを得まい。

(おっと、誰か来やがった……)

提灯《ちょうちん》の明かりを見て取るや、だっと梅吉は地を蹴る。

塀を跳び越え、庭先に身を潜めたのだ。

与力と違って、同心の屋敷は門構えも慎ましい。

門とは名ばかりの片開きの木戸であり、その木戸門に連なる塀も、身の丈より少々高い程度の板で庭を囲っただけの代物《しろもの》。身軽な梅吉にとっては、跳び越えるぐらいは雑作もないことだった。

板塀の陰に梅吉が身を潜めるや、荒い息と足音が聞こえてくる。

「御免!　佐久間は居るか!」

訪《おとな》いを入れる男の声は大きく、明らかに怒りを帯びていた。

程なく、玄関から一人の女が走り出てくる。

小柄で痩《や》せぎすの、疲れた顔をした中年女は伝蔵の妻女だった。

「し、しばしお待ちくださいませ」

木戸門に駆け寄った女は、たどたどしい手つきで木戸を開ける。

怖い顔を見せたのは、伝蔵より年嵩《としかさ》の同心。

提灯を持たせた小者《こもの》を引き連れ、憤然とした面持ちで門前に立っていた。

「近所迷惑が過ぎるぞ、かね殿」

「な、何事でありましょうか……」

「決まっておろう。夜毎の試し斬りじゃ！」

「も、申し訳ありませぬ」

怒鳴りつけられ、かねは慌てて詫びる。

貧相な顔を強張らせて、小さな体を一層縮めた様が哀れっぽい。

聞き耳を立てながら、梅吉は同情せずにはいられない。

斯くも恐れ入っている相手を、しかも女人を頭ごなしに叱り付けるとは、非情に過ぎるというものだ。

初老の男も、さすがにやりすぎたと思ったらしい。

「面《おもて》を上げなされ。おぬしに謝って貰《もろ》うても仕方あるまいからの……」

落ち着きを取り戻した同心は、息を整えながら言葉を続ける。

「佐久間に会わせて貰おう。直々に苦言を呈させてもらう故、夜分に相済まぬが邪魔をいたすぞ」

「そ、それは困りまする」

「ええい、黙らっしゃい」

たちまち、同心は怒りを露《あら》わにした。

せっかく気を遣ってやったというのに、何事か。

「これでも儂《わし》は吟味方の筆頭同心ぞ。今日も用部屋にて重々注意を与えたと申すに性懲りもなく、訳の分からぬ真似をされては面目《めんぼく》が立たぬのじゃ！」

「申し訳ありませぬ……」

重ねて詫びる妻女をよそに、伝蔵はまだ試し斬りを続けていた。

「エーイ！」

気合いを込めた声は、絶えることなく聞こえてくる。

巻き藁が地面に落ちる音がしないのは、切台に立てるのではなく横たえたのを据物斬りにしているからなのだろう。

あるいは支度させた巻き藁を余さず斬り尽くしてしまい、切れ端を積み重ねて用いていたのかもしれなかった。

いずれにせよ、挑発と受け取られても仕方あるまい。

「やかましいわ！　静かにせい、佐久間っ!!」

かねでは話にならぬとばかりに、筆頭同心が怒声を張り上げる。

さほど広くもない屋敷だけに、庭の奥まで十分に届いたはずだ。

しかし、伝蔵が黙る様子は一向に無い。

「ヤーッ！」

門前の様子など意に介さず、高らかに声を上げ続けるばかりだった。

「やれやれ、まことに常軌《じょうき》を逸しておるわい……」

筆頭同心は怒るのをとおり越し、今や呆れ返っていた。

「佐久間が若い頃に山田様の御先代より知遇を受け、様剣術《ためし》を学んでおったのは儂も存じておる。荒事と無縁の役目に就いておっても、たまさかに腕を磨くことまで止め立てはいたさぬが、ここまで熱を入れるとは如何《いか》なることじゃ。用部屋にて当人に問い質しても何も答えぬ故、まるで訳が分からぬ。万が一にもお奉行の耳に入らば物の怪《け》に憑《つ》かれたと判じられ、御役御免にされるは必定ぞ……」

上役の言葉とも思えぬが、こんなひどいことを言われても仕方があるまい。

職場で注意を受けても自重せず、屋敷に押しかけられても詫びようとしないというのは、明らかにおかしい。

とはいえ伝蔵は気が触れたわけでも、自棄を起こしているわけでもない。

職を辞することを覚悟した上でのことならば話も分かるが、南町奉行所に毎日出仕し、日々の御用は常の如く、滞りなくこなしている。

ただ、このところ毎晩欠かすことなく、屋敷の庭で試し斬りを繰り返しているだけなのだ。

とはいえ近所迷惑なのは明らかであり、上役から注意されるのも当たり前。

まして一向に聞く耳を持たずにいれば、気分を害されるのも当然であった。

「かくなる上は腕ずくでも止めさせて貰うぞ。我ら同心ばかりか与力のお歴々も迷惑しておられるとなれば、見過ごすわけにはいくまい」

だが、かねは退こうとはしなかった。

「申し訳なき限りですが、何卒お引き取りくださいませ」

「何……」

「邪魔立ていたす者は、何人たりとも許すまじ。与力様や筆頭同心殿といえども追い返せと、きつう申し付けられておりまする」

「ふ……夫婦揃うて、ふざけておるのか!?」

「夫の申すことには逆らえませぬので……」

嗚咽《おえつ》混じりに、かねはつぶやく。

「そなた、泣いておるのか?」

怪訝な顔になった筆頭同心は、傍《かたわ》らの小者から提灯を取り上げる。

差し伸べられた灯火の下で、かねは頬を赤く腫らしていた。

怒鳴り込まれる前に、自らも夫に苦言を呈したのである。

何のための試し斬りかは定かでないが、近所迷惑なことを幾夜も続けられては肩身が狭いのはかね自身。隣近所から白い目で見られ、嫌みを言われるのは、夫よりも屋敷に居る時間の長い妻なのだ。

そう思って勇を奮ったものの、伝蔵は聞く耳を持つどころか、妻を張り倒してまで試し斬りを続けている。

「む……」

さすがに筆頭同心は押し黙った。

いかめしい顔が、少々青くなっている。

この様子では、上役が叱り付けたところで埒《らち》は明くまい。

まして先程から際限なく本身を振るい続け、気が昂《たか》ぶっているであろう最中に下手に苦言を呈すれば、何をしでかすか分かったものではなかった。

「い、致し方あるまい。明日に改めて、きつく釘を刺すとしようかの……」

目を白黒させつつ、筆頭同心は踵《きびす》を返す。

逃げ出すかの如く、足の運びは早かった。

提灯を手にした小者が、慌てて後から追いかける。

かねは見送った後、ほっとした様子で玄関に引っ込んだ。

「エーィ!」

気合いの声は、まだ絶えない。

門前の言い争いの顚末《てんまつ》など微塵も意に介することなく、伝蔵はまだ試し斬りを続けているのだ。

怖い物知らずの梅吉も、ぞっとせずにはいられなかった。

(ったく、何を考えてやがるんだい……)

上役が押しかけてきたのに屈するのを潔《いさぎよ》しとせず、わざと大音声を上げたのであれば、まだ分かる。梅吉も意地っ張りな点では人後に落ちず、頭から押さえ込まれるほどに燃える質だからだ。

だが、そんな梅吉にも伝蔵の行動ばかりは理解し難い。

明らかに筆頭同心の怒声が耳に届いているはずなのに、殊更に声を張り上げて反抗の意を示しもせず、巻き藁を切断することのみに熱中し続けている。

何事も気を入れて取り組まなくてはものにはならないし、まして武芸の修行となれば尚のこと、集中する心がけが必要なのは分かる。

とはいえ、伝蔵は異常だった。

隣近所の迷惑も顧《かえり》みず、妻女が止めるのも聞かずに、連夜に亘って試し斬りを続けるとは、明らかにおかしい。

何も首打ち役を命じられ、仕損じることが許されぬという立場ではないのだ。

(上意討ちでもしようってのなら、分からなくもねぇけどよ……!)

そんなことをふと思った刹那《せつな》、梅吉は表情を強張らせた。

(佐久間の野郎、人斬りをするつもりかい……)

真剣勝負を控えているとなれば、腕を磨くべく懸命になるのは当たり前。

武士には非ざる立場の梅吉だが、白刃《はくじん》の下は幾度となく潜ってきた。

斬るよりも斬られたことのほうが多かったが、それは自分の上を行く、強い敵とばかり渡り合ってきたからである。

その経験から、伝蔵が何を始めるつもりなのかを察知したのだ。

多くの剣客の場合、道場に通い詰めて一心に立ち合い稽古《げいこ》をすることだろう。

だが、竹刀《しない》で幾ら打ち合っても役には立つまい。

本身の刀を用い、斬る修練を積むことが肝要だ。

その点、伝蔵には試し斬りの素養がある。

筆頭同心が言っていたとおり、才能に恵まれてもいたらしい。

とすれば、今から道場通いをするよりも様剣術の稽古を積み直し、腕に覚えの斬る技のみに磨きをかけたほうが有効なはずだ。

最初は辻斬りまがいの所業を繰り返していたのが、突如として試し斬りに集中し始めたというのも、考えてみれば怪しいと言えよう。

半蔵に危ないところを助けられ、懲りたわけではなかったのだ。

佐久間伝蔵の目的は、人を斬ることに違いあるまい。

しかも、この様子では、今日明日にも実行に移しかねない。

放っておいては危ない。

一刻も早く半蔵に知らせ、速やかに策を講じなくてはなるまい。

だっと梅吉は走り出す。

「ヤーッ！」

伝蔵の発する気合いは、まだ絶えない。

背中越しに聞こえてくる声の響きは、変わることなく熱を帯びている。

本当に物の怪に憑かれたのではあるまいか。

そう思わずにいられぬほど、試し斬りの稽古に熱中している。

もはや、目的は人斬り以外に考えられない。

果たして何のために、誰の命を狙っているのか——。

四

佐久間伝蔵が激怒したのも無理はあるまい。

怒りを叩き付けたい相手は数多いが、全員を手にかけるわけにはいかない。

せめて手の届く範囲の者を討つことにより、上つ方の不正を糺《ただ》したい。

憎んで余りあるのは堀口六左衛門。そして、南町奉行の矢部定謙。

さすがに奉行まで斬ってしまうのは警備も厳重であるし、難しい。

そこで伝蔵は裏切り者の六左衛門を成敗した上で奉行所内に立て籠《こ》もり、内部では収拾しきれぬ騒ぎを鎮めるために差し向けられるであろう、公儀の討手《うって》を前にして堂々と、定謙の罪を暴き立てるつもりだった。

あの男が許せない。今や名奉行などと呼ばれているが、実は違う。伝蔵が敬愛する年番方与力の仁杉五郎左衛門に有らぬ罪を着せたばかりか、前の奉行の筒井政憲に責を取らせて辞任にまで追い込んだ、卑劣《ひれつ》極まる奸物《かんぶつ》なのだ。

これは、笠井半蔵の知らない話。

町奉行の職を手に入れるために、定謙は卑劣な手段を用いた。

まだ半蔵と知り合う以前、わが身の不幸を呪い、酒食遊興に明け暮れるばかりだった頃の出来事である。


「まこと、腹立たしき限りぞ……」

その夜も定謙は呪詛《じゅそ》のつぶやきを漏らしつつ、下谷《したや》二長町《にちょうまち》の屋敷で一人寂しく酒を喰らっていた。

当時の定謙は左近衛将監《さこんえのしょうげん》、役職は小普請支配《こぶしん》。職を解かれて無役になった旗本や御家人を小普請組に編入させる手続きをするだけの、以前に務めていた西ノ丸留守居役にも増して、地味で目立たぬ役目であった。

輝かしい過去に思いを馳《は》せるのを日々の慰めとし、閑職に甘んじていられれば良かったのだろう。

しかし、現在との違いが大きすぎては逆効果。

昔を思い出すたびに、定謙は歯ぎしりせずにはいられない。

五百石取りの旗本で、御先手組の鉄炮頭を代々務める矢部家に生まれた定謙は三十一歳から三度に亘って火盗改の長官職に任じられ、後に堺町奉行と大坂東町奉行を経て、勘定奉行にまで出世を遂げている。

輝かしい経歴に傷が付いたのは三年前、天保九年（一八三八）。

今や老中首座として幕閣《ばっかく》の頂点に君臨する水野忠邦をやり込め、憎悪の対象にされてしまったのが、つまずきの始まりだった。

定謙から見れば、忠邦は甘い男である。

二言目には倹約を唱え、幕政の改革を断行しようと目論《もくろ》んでいながら、経済というものが分かっていない。締め付けられるほど民が萎《な》え、やる気を失い、国の力そのものが衰えてしまう自明の理に気付かぬまま、費《つい》えを抑えれば何とかなると単純に考えているのだ。

それに忠邦は譜代大名として父祖代々受け継いだ富裕な唐津藩を返上し、幕府が直轄する天領を増やした功績の見返りに、幕閣入りを果たした身。

実力で出世を遂げた定謙から見れば、忠義の家臣と領民を見捨てて栄達の道を選んだくせにご大層なのは理想だけの、愚か者でしかなかった。

そんな甘さを見過ごせずにやり込めたのが災いし、勘定奉行から西ノ丸留守居役、小普請支配と左遷され続けてきたのだ。

無能としか思えぬ相手に、やられっぱなしでいては男が廃《すた》る。

故に定謙は起死回生を期し、南町奉行の座を望んだのだ。

北町奉行の職を狙わなかったのには、理由がある。

遠山景元は一年前、忠邦によって抜擢《ばってき》されたばかり。自分が良かれと見なして登用した人材にケチを付けられれば、忠邦も黙ってはいないだろう。

その点、南町の筒井政憲は追い落とすのに好都合。

現職を二十年も勤め上げた名奉行とはいえ、すでに政憲は七十目前。

同じ世代の梶野良材を重く用いている忠邦も、政憲に対してはそれほど信頼を寄せていない。自分が取って代われる可能性は、十分にある。

斯様に思い至った定謙は堺奉行、大坂東町奉行、そして勘定奉行といった職を歴任するうちに貯まった袖の下を惜しむことなく、幕閣のお歴々に献金することに努めてきた。

しかし、一向に埒は明かない。

他の老中たちを籠絡《ろうらく》したところで忠邦がその気にならない限り、幕閣の人事を異動させるのは難しい、という結果を見たのだ。

このままでは、せっかくの献金も水の泡。

定謙の焦りをよそに、政憲は相変わらず南町の名奉行と呼ばれている。

仁杉五郎左衛門と宇野幸内が、脇をがっちりと固めていたからだ。

歴代の南町奉行を支えてきた二人の名与力のうち、吟味方の宇野幸内はすでに隠居して久しかったが、折に触れて事件に首を突っ込んでくる。

大人しく隠居暮らしを楽しんでいればいいのに、北町の若い同心——高田俊平に手を貸すばかりか、近頃は古巣の南町の事件にも関わり、持ち前の知恵と剣技を披露《ひろう》するのがしばしばだった。

幸内が余計な真似をしてくれるおかげで、南の政憲ばかりか北の景元まで名声は上がる一方。負けじと定謙は昨年から数々の事件を引き起こし、政憲の評判を落とそうとしてきたが、幸内は手強い。頭が回る上に小野派一刀流の剣の腕前も並ではなく、討手を幾人差し向けても、歯が立つ者などいなかった。

しかも幸内が助っ人として裏で手を貸す一方、五郎左衛門は町奉行に次ぐ存在の年番方与力として陰日向《かげひなた》なく精勤し、政憲を支えている。

しかし、劣勢の定謙にも味方はいた。

知略に関しては二人の名与力の上を行く、悪しき賢者が――。

「ほどほどになされ、左近衛将監殿」

自棄酒《やけざけ》を喰らう定謙に苦言を呈したのは取り立てて特徴のない、顔立ちも茫洋《ぼうよう》とした、中肉中背の武士だった。

「鳥居殿……いつの間に、お出でになられたのか？」

「酒は度を越してはなりませぬ。勝負はまだこれからなれば、常に正気を保っていてくだされ」

鳥居耀蔵、四十六歳。

辣腕《らつわん》の目付との関係は、世を忍ぶものだった。

忠邦さえ、自身の片腕である目付が政敵に肩入れしているとは知らない。

耀蔵は定謙に悪知恵を貸すばかりでなく、今宵は助っ人も帯同していた。

六尺近い長身で筋骨たくましい、角張った顔に不敵な笑みを浮かべた男の名は三村右近。

子飼いの剣客のために耀蔵は二百両を費やして、南町奉行所の同心株を買い与えるつもりであるという。

「それはまことか、鳥居殿」

「左近衛将監殿のお役に立たせたく、斯様に思い立った次第にござる」

座敷の敷居際に控えさせた右近を見やりつつ、耀蔵は言った。

「これなる右近には貴公の手足となって働いてもらいます故、話を聞かせて構いませぬな?」

「う、うむ」

「されば、仕切り直しの策を講じましょうぞ」

定謙がうなずくのを見届けるや、淡々と耀蔵は語り出す。

「まこと、筒井伊賀守を罷免《ひめん》させるのは至難でありますな」

「おぬしの知略を以《もっ》てしても、やはり難しいか……」

「そこで今宵はご相談がござる」

「何とするつもりじゃ、鳥居殿」

「ここはひとつ、御救米《おすくいまい》の一件を蒸し返すが早道かと存じまする」

「御救米とな?」

「左様。貴公が勘定奉行で在られし折から不審の儀を抱き、調べてこられた件にござる」

「その線で事を運ぶのは諦めたと申したはずだぞ、鳥居殿」

「宇野幸内めに阻まれて、断念されたとの仰《おお》せにござるか」

「あやつが目を光らせておっては難しかろうぞ……」

「貴公ともあろう御方が、弱気なことを申されてはなりますまい」

弱気な定謙を励ましながらも、耀蔵の口調は変わらない。

あくまで淡々と、畳みかけるように言葉を続ける。

「先だっては失礼ながら、左近衛将監殿が強いて事を進めようとなされたが故に宇野めに隙を突かれ、仕損じただけのこと……それがしに考えがござれば、ぜひ今一度試みなされ。要は堂々と、南町の不正を糺してやれば良いのです」

「されど、もはや儂は」

「勘定奉行として不正を糺す任には非ず、故に表立って事を起こすのは至難との仰せにござるか」

「さ、左様じゃ」

「ご懸念は無用にござる。水野越前守を始めとする幕閣のお歴々には、それがしが目付の務めとして、一部始終を申し上げます故……むろん、あやつらにご老中方が微塵《みじん》も同情など寄せられませぬよう、しかと取り計らいまする」

耀蔵が定謙に勧めたのは、五年前に南町奉行所が公儀より命じられ、米不足に苦しむ江戸市中の民を救うべく実行した、御救米調達に関する一件。

その企《たくら》みは、事実をねじ曲げるのを前提としたものだった。

たしかに不正はあったが、関与した役人は誰も私腹など肥やしていない。

南町奉行の筒井政憲も、御救米取扱掛として現場の仕切りを任された仁杉五郎左衛門も、買い付けに伴って生じた差損を穴埋めしただけのこと。

かかる真相を知った時点で、定謙も一度は表沙汰にするのを止めていた。

私腹を肥やすために公金を横領したのであれば、五郎左衛門はもとより政憲も罪に問うことができる。しかし、実を明かせば儲《もう》けにならない役目を務めさせた商人たちのため、損が生じぬように取り計らっただけなのだ。

そんな計らいを悪事と見なし、取り沙汰するのは野暮というもの。気持ちよく見逃してやろうと、勘定奉行だった当時の定謙は判じたのである。

しかし、もはや綺麗事など言ってはいられなかった。

五郎左衛門の独断専行を政憲が黙認し、差損が生じぬように取り計らったのは理由はどうあれ、幕府に対する背任行為である。

斯様に判じた定謙は、昨年の暮れに南町奉行所に対して脅しをかけた。

あと少しで奉行の追い落としも可能と思われた寸前、計画を阻止したのが宇野幸内と高田俊平、そして自ら矢部邸に乗り込んだ仁杉五郎左衛門だった。

一同の結束は堅く、さすがの定謙も引き下がらざるを得なかった。

その結果が、自棄酒を喰らうばかりの日々だったのである。

何とも情けない。

このままでいいのか。

現状から脱するために、御救米の一件を切り札とするべきではないか。

耀蔵は、そう言っているのだ。

「迷うことはございませぬぞ、左近衛将監殿……」

折り目正しく官名で呼びかけつつ、耀蔵は定謙に躙《にじ》り寄る。

そうする必要がありながらも思い悩み、人の道から外れることができずにいる者を口説き落とすときにはさりげなく身を寄せ、耳許でささやきかけるのが耀蔵の常套《じょうとう》手段。

今宵も悪魔のささやきを以て、悩める男を籠絡せんとしていた。

「貴公の望みは何でござるか。さぁ、思い出されませ」

「………」

「越前守様が賢明なれど世間知らずであられるのは、側に仕えしそれがしも遺憾ながら委細承知の上にござる。されどお諫《いさ》め申し上ぐるのは難しく、左近衛将監殿が如く豪胆な御仁にお力を借りねば、埒が明かぬのでござるよ」

「……したが、ご老中は儂の申すことに耳など貸すまい？」

「たしかに小普請支配のままでは無理にござろうが、町奉行となられた暁には話も違って参りまする。まして南町は北町より格上にござれば、遠山左衛門尉如きに後れは取りますまい」

「む……」

「どうか越前守様に苦言を呈し得る御役に再び就き、混迷せし御公儀の政《まつりごと》を良くしてくだされ」

「そ、それは儂も望むところぞ」

「されば今を好機と思い定め、攻めに転じるが肝要にござる」

「鳥居殿……」

「後のことはお任せくだされ。少々手間はかかりましょうが、いずれ左近衛将監殿のお望みのままに、事を運びまする故……」

「果報は寝て待てと申しましょう。どうかお心を安らかに保ちて、吉報をお待ちくだされ」

「ま、まことか」

耀蔵は巧《たく》みに話を進めていた。

思惑どおりに事が運び、胸の内で笑っていながら、おくびにも出さない。

耀蔵が定謙に合力するのは、他ならぬ水野忠邦の意を汲んでのこと。

幕政改革を推し進める上で、忠邦は現場の力を必要としていた。

遊び人の金《きん》さんとして名を売った遠山景元を北町奉行に抜擢したのも、世情に通じた景元ならば庶民を締め付け、倹約令を徹底させるのに役立つと思えばこそだったのだ。

ところが景元は期待に反し、忠邦の方針に逆らってばかりいる。

そこで耀蔵は、定謙を南町奉行に据えるべしと勧めたのだ。

最初は忠邦も自慢の口髭《くちひげ》を奮わせて烈火の如くに怒ったものだが、耀蔵の意見を聞いて得心した。

若かりし頃には火盗改の名長官と呼ばれた定謙も、この三年ほどは左遷続きで酒食遊興に明け暮れ、古《いにしえ》の評判を落としてしまって久しい身。

それでも持ち前の豪胆さが失せていない以上、南町奉行に登用されたとなれば張り切って倹約令を江戸市中に徹底させようとするであろうし、庶民寄りの景元を牽制する役にも立つはず。

もしも上手くいかなかったとしても、この人事異動は無駄にはなるまい。倹約令の徹底に失敗したら、江戸の民の怒りを買わせるだけ買わせておいて責を押し付け、罷免してしまえば良いのだ。

そうすれば忠邦に対する怒りの矛先はひとまず逸れるので、その隙に、新たな南町奉行を立てればいい。

現職の筒井政憲は二十年も勤め上げた身であり、景元にも増して庶民の信頼が厚いだけに、下手に詰め腹を切らせるわけにはいかない。

その点、酒食遊興に明け暮れてばかりで評判の悪い定謙は、いざというときの生け贄《にえ》に仕立て上げるのにも好都合。

ここは恩讐《おんしゅう》を越えて定謙を登用し、上手く利用すべし。

邪《よこしま》な企みを同じく忠邦のお気に入りである梶野良材ともども持ちかけ、内諾《ないだく》を得ていたのである。

むろん、耀蔵はお人好しではない。忠邦のためを思っての行動と見せかけ、実のところは定謙が失脚した後、南町奉行の座を手に入れたいだけなのだ。

十中八九、定謙には倹約令を徹底させることなど出来まい。傲慢《ごうまん》なようでいて実のところは情に厚い男だけに、景元にも増して庶民のために働こうとするのは目に見えていた。

どのみち、この男は長続きしない。後は自分に任せ、露払《つゆばら》いの役だけ全うしてくれればいい。

そんな本音を隠し、耀蔵は定謙を忠邦に売り込んだのである。

果たして、乗せられた忠邦はその気になってくれた。

とはいえ、定謙を抜擢する話は、まだ正式に認められたわけではない。

忠邦を始めとする幕閣のお歴々が人事異動を認めるだけの材料を用意し、南の名奉行たる政憲を追い落とすまでには、自《おの》ずと時もかかる。

その間に定謙が短気を起こし、勝手なことを始める恐れが見受けられたときは良材が宥《なだ》める役を買って出ることになっていた。

すでに、良材には目付役の手配を頼んである。

配下の勘定衆に腕利きの者がいれば、影御用とでも称して定謙の身辺を見張る役目を命じてほしい。

そんな思惑にまんまと乗せられたのが、笠井半蔵だったのだ。

後に言葉巧みに半蔵を口説いて影御用を命じる一方、定謙からも早々に信用を取り付けた良材は老獪《ろうかい》な男。その望みは命が続く限り、権威ある勘定奉行の座にしがみついて離れぬことだ。

忠邦のご機嫌を取るには、耀蔵と足並みを揃えるのが好都合。

斯様に考え、定謙の出世話に手を貸したのだ。

老獪な良材が後に控えていれば、耀蔵としても心強い。

ともあれ、今は御救米の一件で南町奉行の追い落としを図るのが先だった。

定謙をその気にさせるや、間を置くことなく次の提案をする。

「されば左近衛将監殿、南の同心を今一度取り込みましょうぞ」

「堀口六左衛門のことか」

とたんに定謙は渋い顔。

耀蔵が持ち出したのは以前に利用しようと試みたのが災いし、手痛い目に遭わされた相手の名前。しかも、ツケまで払わされている。

「最後までお聞きなされ」

定謙が苛立《いらだ》つのを承知の上で、耀蔵は淡々と話を続ける。

「あやつに口裏を合わさせれば、これまでに揃えし手証も生きましょう。証拠が足りぬとなれば、追って用意いたさばよろしい」

「用意するとな？」

「あくまで先々のことにござる。まずは、堀口めを口説き落とすが先決」

「儂は如何に動けば良いのだ、鳥居殿」

「易《やす》きことにござる。順を追ってお話しいたす故、しかとお聞きくだされ」

「うむ、うむ」

耀蔵の頼もしい言葉に、定謙はじっと耳を傾ける。

後に妖怪《ようかい》と呼ばれる男の企みに、まんまと乗せられていたのであった。

第六章　踊らされるは傀儡《くぐつ》

一

それから数日後、夜更けた下谷の二長町に、一人の町方同心がやって来た。

屋敷の座敷で迎える矢部は、満面の笑みを浮かべていた。

「おお、よく参ったの」

対する初老の同心は、痩《や》せた顔を引きつらせている。

顔色が青黒いのは、口には上せられぬ怒りに、密かに耐えていればこそ。

それでも言うことを聞かざるを得ないのは、すでに弱みを握られて久しい間柄だからであった。

「苦しゅうない。入れ」

「は……」

耀蔵は一足先に到着し、相棒の如く定謙の傍《かたわ》らに控えていた。

三村右近が居た場所は先夜と同じく、次の間の敷居際。

右膝の脇に佩刀《はいとう》を横たえ、何事かあればすぐに抜ける体勢を取っている。

おずおずと座敷に歩み入った同心はぎこちなく膝《ひざ》を揃《そろ》え、まずは上座の定謙に向かって一礼する。

「楽にせい、堀口」

「は……」

この堀口六左衛門は、南町奉行所の定廻《じょうまわり》筆頭同心。

五年前には御救米《おすくいまい》取扱掛の下役を命じられ、仁杉五郎左衛門の下で佐久間伝蔵とも ど も、米の買い付けに携わっていた。

「今一度役に立ってもらうぞ、堀口」

「ご、ご無体《むたい》な……」

「斯様《かよう》なことを言えた立場か。ん？」

今宵《こよい》の定謙は強気だった。

腹を括《くく》ったからには、もはや迷いはしない。

持ち前の強面《こわもて》ぶりを発揮して脅しつけ、御救米の調達に関する秘密のすべてを知っている六左衛門を、生き証人に仕立て上げようというのだ。

六左衛門には、断れない理由がある。

筆頭同心の身で米相場に手を出し、大損をして首が回らぬところを定謙に借金の肩代わりをしてもらい、見返りに愛娘を妾奉公《めかけぼうこう》させていたからだ。

いわば人質として手の内に取り込まれた娘も、昨年の暮れには宇野幸内とその仲間たち、そして敬愛する上役の仁杉五郎左衛門のおかげで無事に助け出されていた。さすがの六左衛門も今や改心し、矢部とは縁を切ったつもりであった。

だが、肝心の借金はまだ返済できていない。

五郎左衛門らが定謙をやり込めてくれたとはいえ、多額の借財を肩代わりしてもらったままでは、言うことを聞かざるを得なかった。

やはり、愛娘を再び引き渡すしかないのか。

父親として思い悩み、怒りを覚えるのも当然だろう。

ともあれ、定謙とは一度会って話をしなくてはなるまい。

今宵の呼び出しにやむなく応じたのも、そんな事情があってのことだった。

「安堵せい」

六左衛門の心中を察しながらも、語りかける定謙の口調は圧《お》しが強い。

「そも、我らは他人の仲ではないのだぞ？　言うなれば、おぬしは儂《わし》にとっては義理の父……遠慮など無用にせい」

「は……」

「悪く考えるには及ばぬぞ、ん？」

口ごもるところに、矢部はすかさず畳みかける。

「もとより承知の上であろうが、おぬしが大人しゅう娘を差し出さば借財は棒引きにして遣わす。御目付の鳥居殿がお立ち会いとなれば、偽りは申さぬ」

「………」

「担保と申さば身も蓋もあるまいがの、改めて迎えし上は十分に慈《いつく》しみ、決して無下には扱うまいぞ」

「有難きことに存じまする……」

六左衛門の顔色は、相変わらず悪い。

突き付けられたのは苦渋の選択であった。

定謙の言うとおりに生き証人となれば、五郎左衛門の恩を裏切るばかりか、奉行を罷免《ひめん》させることにまで至ってしまう。

人として、そんな真似をしてもいいのか。

娘を売ることにも増して、非道な所業ではないだろうか。

かかる六左衛門の迷いを、定謙はあっさりと断ち切った。

「おぬしが息子、そろそろ奉行所に出仕させてはどうであろうな」

「さ、貞五郎《さだごろう》にございまするか？」

堀口貞五郎は、六左衛門の嫡男。代々の役目を馬鹿にして、見習いとして出仕するのを嫌がって遊び歩いてばかりいる。手に負えないどら息子が吉原の遊郭《ゆうかく》や諸方の岡場所で勝手に作った借金の穴埋めにも、六左衛門は追われていた。

そんな事情を承知の上で、定謙は取り引きを持ちかけたのである。

「いい齢をして遊ばせておくばかりでは当人のためにもなるまいぞ。ん？」

「お……仰《おお》せのとおりにございまする」

「ならば父親の威厳というものを見せつけてやるがいい……町方役人にも出世は叶うということを、とくと見せつけて、の」

「え……？」

「おぬしが昇進をいたさば息子も必ずや見直し、行いを改めるであろう……儂が南町奉行となりたる暁《あかつき》には息子ともども、存分に出世をさせて遣わす。左様《さよう》に心得い」

「ま、真実《まこと》ですか？」

「むろんじゃ」

耳を疑う六左衛門に、定謙は頼もしく請け合う。

「儂とて人の親ぞ。父の威厳というものを示したい気持ちは、こちらも同じじゃ」

「左近衛将監様……」

「ただし、そのためには、おぬしに助勢を頼まねばならぬがの」

「助勢……でありまするか」

「左様。儂はおぬしに情けをかけるには非ず。男ならば、出世の手蔓《てづる》は己の力で摑めということじゃ」

すかさず耀蔵も口添えする。

「何も案じるには及ばぬぞ、堀口」

「御目付様？」

「おぬしの配下として、これなる者を奉行所内に潜《もぐ》り込ませる」

と言って見やったのは、敷居際に控えさせていた三村右近。

「腕の程は折紙付き故、荒事が必要となりし折にも頼りになろうぞ。万事任せておけばよい……。さぁ、筆頭同心殿にご挨拶《あいさつ》をせい」

意味深に微笑む耀蔵に促され、右近は六左衛門の前に進み出た。

「三村右近にござる。お見知りおきを」

「こ、こちらこそ」

ぎこちなく、六左衛門は礼を返す。

たくましい体軀から右近が発する雰囲気は、剽悍《ひょうかん》そのもの。

三十前と思《おぼ》しき若輩に、六左衛門は完全に圧倒されていた。

「こたびは同心株を譲り受け、ご配下に加えていただく運びとなり申した。何卒よしなにお願い申し上ぐる」

礼に叶った物言いではあるが、右近の態度はふてぶてしい。

南町で廻方同心たちを束ね、自ら捕物出役《しゅつやく》に赴くこともしばしばの六左衛門が今まで出くわしたことのない、不敵な男であった。

堂々としている右近を傍らに、耀蔵はうそぶく。

「この三村は儂の密偵を務めさせ居る者……日頃より小人目付の手伝いもさせておる故、町方の事共はおぬしら廻方より詳しいと思うてもらおう。むろん、同心の役目にも何ら不足はあるまいぞ」

「成る程……」

答える六左衛門の表情は複雑だった。

手を貸せと言っておきながら、子飼いの配下を差し向ける。

これは、如何《いか》なることなのか。

こちらを信用できず、お目付役をさせるつもりなのだろうか——。

「悪く取ってはいかんぞ、堀口」

押し黙った六左衛門に、そっと定謙が語りかける。

「鳥居殿がこれなる三村を差し向けるは、おぬしを見張るためには非ず。あくまで味方と思え」

「味方、にございまするか？」

「左様……分かりやすう申さば、連絡役《つなぎ》ということじゃ」

「それは如何なることでありますか、左近衛将監様」

「娘を売ったと見なされておる限り、おぬしは儂の屋敷に足繁《あししげ》く出入りするわけには参るまい。町方役人が旗本から小遣いを貰っておるなどと、口さがないことを申す輩《やから》もおるからのう」

「め、面目次第もありませぬ……」

「なればこそ、三村が要るのだ」

恥じ入る六左衛門に、定謙は微笑みかける。

「筒井が奉行の職を追われ、ひいては仁杉が御役御免となるまでは、我らの間柄は何《なん》人《びと》にも気付かれてはならぬ……連絡は三村に任せ、おぬしは陰でのみ働いてくれれば良い……。どうじゃ、これで得心してくれたかの」

「左様なご配慮とは存じ上げず、失礼を仕りました」

「何も案じるには及ばぬぞ。大船に乗ったつもりでおれい」

「ははっ、有難う存じまする」

二

こうして、六左衛門は再び外道《げどう》に墜ちた。

一度は無事に取り返した娘を、定謙に再び引き渡したのだ。

かかる顚末《てんまつ》を手放しに喜んだのは、嫡男《ちゃくなん》の貞五郎。

「それは祝着至極……まこと、良きお話でありますなぁ！」

肉の厚い頰を震わせ、貞五郎は能天気にうそぶく。

恰幅が良いと言えば聞こえはいいが、武芸の修練など子どもの頃に少々積んだだけにすぎず、不健康に肥え太っているだけのこと。

役目に勤勉な父親とは体格ばかりか気性も似てはおらず、軽薄な雰囲気を漂わせるばかりの若者だった。

「斯様な仕儀なれば、喜んで出仕いたしましょうぞ。ご安心くだされ」

「真実《まこと》か、貞五郎？　おぬし、こたびこそは真面目になってくれるのだな？」

「これでも武士にござれば二言はありませぬ、父上」

「おお、よくぞ言うてくれた。それでこそ、わが嫡男じゃ」

「これまでの親不孝の数々、何卒お許しくだされ」

「良い良い。向後《こうご》は手を取り合うて、共に邁進《まいしん》いたそうぞ」

男とは、斯くも現金なものである。

六左衛門と貞五郎がその気になったがために、一度ならず二度までも妾奉公《めかけぼうこう》を強いられる羽目になった一人娘こそ、いい迷惑であった。

「そなたのことなのだぞ、何故に喜ばぬ？」

軽薄な兄の言葉に、忍《しのぶ》は無言でうつむくばかり。

雰囲気こそ慎ましやかだが、目鼻立ちはくっきりと整っている。

父親に似て痩せているようでいながらも腰回りの肉付きは豊かであり、健康な色香を感じさせる女人だった。

「我が娘ながら、そなたならば申し分あるまいよ」

貞五郎ばかりか六左衛門まで、軽薄なことを口にする。

忍は孤立無援であった。

母親は貞五郎がすぐに暴力を振るうため、斯様な場に顔を出そうとしない。今も六左衛門に言いつけられるがままに仏間に引っ込み、話が終わるのを大人しく待っているのだろう。

一人きりの忍は父と兄の勝手な言い種《ぐさ》に抗する術を持たず、黙って耐えるしかなかった。

「我らが難渋を強いるは、欲に端を発するのみに非ず。そなたに女の出世を果たしてもらいたいと思えばこそじゃ」

黙り込んだ忍の目に映る、父の顔は卑《いや》しい。

廻方同心の役目に就いた頃は冴えない風貌ながらも凜々しく、江戸市中の治安を護る役目を誇りにしていたはずなのに、今や娘を売るのを恥じもしない外道に成り下がっていた。

「万事そなたのためなのじゃ。判ってくれい」

「父上……」

「そなたは昔から親思いであろうが。のう、貞五郎？」

「仰せのとおりにございまする。父上を困らせてはいかんぞ、忍」

「兄上まで、何と仰せになられますかっ⁉」

「そう眉《まゆ》を吊り上げては、せっかくの美形が台なしであろう。此度《こたび》こそは性根を入れ替え、矢部の殿様に可愛がってもらえるようにしてくれよ」

「な、なぜ私が……」

「決まっておろう。そなた自身のため、ひいては我らがためぞ」

「…………」

話が通じぬ父と兄から目を逸らし、忍は切なく溜め息を吐く。

逆らえば何をされるか分かったものではないし、逃げたところで定謙が追っ手を差し向けてくるのは必定《ひつじょう》だった。

「安堵せい、忍」

うつむいたままでいる愛娘の前に回り、六左衛門は満面の笑みを浮かべた。

「左近衛将監様はの、何もそなたを今日明日にも囲おうとは申しておられぬ」

「え……？」

「畏《おそ》れながら大御所様が明日をも知れぬ御身ゆえ、しばらくはご体面を憚《はばか》らねばならぬらしい。少なくも喪が明けるまでは、好きにして構わぬとの仰せぞ。その後も妾宅は以前と違《ちご》うて余所《よそ》にご用意くださり、形だけ通うのみになされるとのことじゃ。囲い者と申さば聞こえは悪いが、気儘《きまま》なものであろう？」

「では、矢部の殿様は何故に私を……」

「左様……平たく申さば、儂と貞五郎を贔屓《ひいき》になされる口実を作るためかの」

「口実、にございまするか？」

「そういうことだ。お手にかけし女子の身内となれば、重く用いられたところで誰も疑いはせぬからのう。さすがは鳥居様のお知恵じゃ」

絶句した娘をよそに、六左衛門は恥じることなく言葉を続ける。

「我らが左近衛将監様の御為《おんため》に働いておる間、そなたは大人しゅう果報を待っておればいい。楽なものではないか。はははははは」

「そんな……」

陽気に笑う父親を前にして、忍は茫然とせずにいられなかった。

定謙は色欲を満たすために忍を囲いたいわけではない。すでに後継ぎの男子に恵まれており妾との間に子をなす必要に迫られてもいないはず。

南町奉行の職を手に入れるのに、単に堀口一家を利用したいだけなのだ。

理不尽と言うより他に無く、忍を馬鹿にした話でもあった。

女の魅力を見込まれ、側に置きたいと所望されたのならば、不本意であっても何とか諦めが付くというもの。

それを形だけで構わぬとは、何事か。

つくづく、人を馬鹿にしている。

だが、無力な女に逆らう術《すべ》は持ち得ない。

忍は黙り込み、わが身の不運を嚙み締めることしかできなかった。

三

悪しき企《たくら》みは、その後も着々と進行した。

折しも病に伏せていた大御所の家斉公が急逝し、十二代将軍に任じられてから長らく実権を持たずにいた家慶《いえよし》公は、名実共に天下人の座に就いていた。

これは老中首座の水野忠邦にとって、喜ばしい事態だった。

老いても贅沢三昧《ぜいたくざんまい》であり、庶民の奢侈《しゃし》に対しても理解の深かった大御所にあれこれ干渉されることが無くなったからである。

かねてより信頼の厚かった家慶公のお墨付きの下で今後は心置きなく、倹約令を徹底できると張り切る忠邦をよそに、鳥居耀蔵は計画を進めた。

三村右近を南町奉行所に送り込む段取りも、すでに付いていた。

南町奉行の首をすげ替える計画を間者と周囲に気取《けど》られぬように、堀口貞五郎と同時に見習い同心として、不自然でなく出仕する形を取らせたのだ。

六左衛門の協力もあって正体が露見することはなく、右近は何食わぬ顔で敵地の内部に潜入を果たしたのだった。

一方の貞五郎は、相も変わらず能天気。出仕の挨拶を終えて八丁堀の組屋敷に帰る道すがら、軽々しく右近を誘っていた。

「見目良き娼妓《おんな》が居る店を知っておるのだ。一緒に参ろう」

「自重せい、貞五郎殿。我らは見習いとは申せど、明日からは栄えある南の町方同心なのだぞ」

「その見習い御用が始まる故に、気がくさくさしておるのだ。岡場所がまずいと申すのならば煮売屋で構わぬ。憂《う》さ晴らしに一杯やらぬか？」

「遠慮いたそう。おぬしは酔いに任せて、何をするか分からぬからな……」

しつこい貞五郎を相手にせず、右近はそそくさと自分の組屋敷に向かう。

「ちっ、堅物《かたぶつ》を気取りおって」

長身の後ろ姿を見送り、貞五郎は舌打ちを漏らす。

勘定をたかる思惑が外れてしまっては、大人しく帰宅するより他にない。

家斉公の四十九日が明け、春も盛りというのにつまらぬ限りだが、六左衛門が一文も小遣いを渡してくれぬとあっては致し方ない。

陽気に浮かれて出かけるのを諦め、貞五郎は屋敷に入っていく。

「戻ったぞ、忍」

「お帰りなされませ、兄上」

「ふん、相変わらず暗いのう……妹でなくば、口も利きたくないところじゃ」

ぶつくさ言いながら忍に手伝わせ、見習い用の装いである裃《かみしも》を脱ぐ。

招かれざる客が舞い込んだのは、貞五郎が肥えた体に着流しをまとって早々のことだった。

「御免！」

勝手に木戸門を押し開いて乗り込んできたのは、野性味を帯びた若い浪人。

月代《さかやき》は剃っておらず、袴も穿いてはいるが、洗い晒しで粗末極まる木綿物。

脇差は帯びず、鞘の塗りの剝げかけた刀のみを一本差しにしていた。

浪岡晋助《なみおかしんすけ》、二十一歳。

高田俊平とは試衛館道場の剣友であり、笠井半蔵とも面識のある、天然理心流の若き剣客だ。

この晋助、かねてより忍と恋仲だった。

一度は妾にされても諦めることなく、改めて嫁に迎える意志を示していた晋助の存在を六左衛門は意に介さず、妾奉公の話を決めてきたのだ。

親兄弟とはいえ、二度までも勝手な真似をさせてはなるまい。

町方同心たちの間で噂になっていたのを俊平が聞き付け、独り暮らしの裏長屋まで知らせに駆け付けたのは、つい今し方のこと。

家斉公の喪が明けるのを待って妾宅に移されるとなれば、放ってはおけない。

だが、晋助の純な想いも邪《よこしま》な輩には通じない。

息の続く限り駆けてきたというのに、忍を連れ出すことは叶わなかった。

「何をしに参ったのじゃ、うぬ？」

玄関先に立ちはだかったのは、押っ取り刀の貞五郎。

「うぬが如き素浪人が気軽に出入りし得る場ではないぞ、去《い》ね」

「何……」

「忍との約束ならば、無かったことにせよと申し渡したはずじゃ。懲りずに参るとは呆れた奴だのう」

「……忍殿と会わせてくだされ、義兄上《あにうえ》」

「ふん、素浪人の義弟《おとうと》など持った覚えはないわっ」

　貞五郎は鼻で笑うばかり。

　肉の厚い顔を醜《みにく》く歪め、軽蔑した目で晋助を見返している。

「悔しいか。ははははは」

　刀も碌《ろく》に抜いたことのない貞五郎は、剣術の腕では話にならない。強者の晋助を向こうに回して馬鹿笑いをしていられるのは、強力な後ろ盾があればこそ。

　上つ方の威を借りて勝ち誇りつつ、貞五郎も油断だけはしていない。

「晋助様！」

「おっと」

　鞘《さや》ぐるみの刀を、サッと貞五郎は横に突き出す。

　表に飛び出そうとした忍を止めたのだ。

「お離しくだされ、兄上っ」

「そなたは下がっておれい」

泣き叫ぶ妹の腕を摑んだまま、貞五郎は下卑《げび》た声でうそぶいた。

「まだ得心できぬと申すのか、忍……斯様な下郎など相手にせず、矢部の殿様の御許へ参るのこそが女の出世と、兄に幾度言わせるつもりなのだ」

「離してっ」

「ええい、聞き分けのない奴め」

「い、痛いっ」

思い切り腕をねじり上げられ、忍は苦痛に顔を歪める。

「おのれ！」

「抜くか、下郎」

鯉口《こいぐち》を切ろうとした晋助を、貞五郎はじろりと見返す。

「好きにせい。されど、この儂に刃を向けたとなれば御公儀が黙っておらぬぞ」

「何っ」

「矢部左近衛将監様は目付の鳥居様とご昵懇《じっこん》の間柄。その鳥居様は、老中首座の水野越前守の懐刀と聞こえも高き御方じゃ。うぬが如き、何の手蔓も持たぬ下郎をひねり潰すなど易きことと心得い」

「な、何だと⁉」

「それはかりではないぞ。左近衛将監様は直《じき》にお奉行となられるのじゃ」

「馬鹿な……」

「うぬは知らぬことであろうがの、儂の父上は五年前に南町の仁杉五郎左衛門が御救米買い付けにおいて差益を生ぜしめ、御用商人どもの手元を潤わせしことを承知しておる。奉行の裁許も得ずに為したることとなれば、これは大罪……仁杉はもとより、かかる事実を見逃した奉行の筒井伊賀守も罷免《ひめん》されるは必定ぞ」

「されば、おぬしらは南のお奉行と年番方与力様を陥れる所存なのか⁉」

唖然とする晋助を、貞五郎は鼻で笑うばかり。

「ま、町方の禄《ろく》を代々食《は》んでいながら父子揃うて何たることか！　恥を知れっ」

「ほざけ」

何と言われても、貞五郎は得意げにうそぶくばかりだった。

「儂は見習いとして南町に出仕に及ぶ身ぞ。もとより筒井伊賀守に奉公するには非ず、近々に新しいお奉行を迎え奉るための露払《つゆばら》いにのう」

「おぬしらは……そ、それでも同心のつもりかっ」

「下郎に言われるまでもない。我ら父子は心を同じゅうして、事に当たるのだ」

「く……」

「思い知ったか、下郎？　うぬが為すべきは忍から大人しゅう手を引き、分相応の嫁を迎えて、貧乏所帯でも構えることじゃ」

「……………」

「もはや妹はお奉行の側室ぞ。控えおろうっ」

勝ち誇る貞五郎に対し、晋助は力なく肩を落とすばかり。

「情けなき限りだのう。はははははは」

腕を取られて動けぬ忍も、黙って涙をこぼすことしかできずにいた。

失意の晋助が頼れる相手は、ただ一人の友しかいなかった。

四

「だ、誰でぇ!?」

定時過ぎまで勤めに励んだ俊平は、帰宅早々に驚かされた。

何者かが組屋敷の木戸門を勝手に開けて入り込み、玄関先に座っている。

よく顔を見てみれば、鞘ぐるみの刀を抱いて眠っていたのは無二の剣友。

「お前さん、浪岡……かい？」

悔し涙に濡れた顔は、別人かと思えるほどに暗かった。

「しっかりしろい」

叱咤《しった》しながら、俊平は晋助を揺り起こす。

高田俊平は当年二十二歳。伸びやかな長身に黄八丈と巻羽織が似合う、北町の若き廻方同心だ。

「一体何があったんだい、浪岡？」

「聞いてくれるか……」

正気を取り戻した晋助の告白に、俊平は激怒した。

「……ふざけやがって！　それが父親と兄貴のすることかい!!」

血相を変えたのには理由があった。

俊平は昨年の暮れに、忍を解放するのに一役買った。

親友の晋助のためだけでなく、古巣の南町奉行所を護るべく立ち上がった宇野幸内、そして配下だった堀口六左衛門を信じ抜きたいと訴える、仁杉五郎左衛門のために戦ったのだ。

ところが救われた六左衛門は、懲りずに同じ過ちを繰り返そうとしている。

見過ごせぬ話だが、表立って動くわけにはいかない。

敵の黒幕は矢部定謙と鳥居耀蔵。

しかも、耀蔵は天下の老中首座である水野忠邦とも繋がっているのだ。

若い二人だけの力では、どうにもならない。

思案の末に俊平が向かった先は、幸内が隠居所を構える新大橋。

「心配するない。宇野のご隠居なら、きっと何とかしてくれるさね」

よろめき歩くのがやっとの晋助を励まし、俊平は先を急ぐ。

八丁堀から浜町河岸を経て、小半刻と歩かぬうちに前方に大川が見えてきた。

とっくに日は暮れていた。

「……冷えるな」

夜の帳《とばり》に包まれた新大橋を渡りながら、晋助がぼそりとつぶやいた。

「花冷えの余韻ってやつだろうぜ」

努めて明るく答えながら、俊平は橋を渡りきる。

幸内が青葉庵《あおばあん》と称する隠居所が建っている場所は、大川と小名木川《おなぎがわ》の合流域。

かの芭蕉庵《ばしょうあん》の跡を屋敷内に有する、紀州藩の拝領屋敷のすぐ近くだった。

「斯様な時分にお訪ねしても、大事ないのか？」

「ご隠居にとっちゃ、まだ宵の口さね……ほら」

俊平が指差す先は、煌々《こうこう》と明るい。

とはいえ、倹約令など意に介さずに灯火が点《とも》してあるのは二階の六畳間のみ。

「よぉ。若いのが雁首《がんくび》揃えて推参たぁ、賑やかなこったな」

宵っ張りで趣味の読書に耽っていた幸内は嫌な顔をすることなく、若い二人を囲炉《いろ》裏端《りばた》に招じ入れる。

明かりが点いていたのは寝室と書斎を兼ねた六畳間で、幸内が贔屓の滝沢馬琴《たきざわばきん》が手掛ける畢生《ひっせい》の大作『南総里見八犬伝』を始めとする読本や合巻、黄表紙が山を為していた。

すでに灯火は吹き消され、ずらりと並んだ本たちは静かに眠っている。

「お構いもできねぇが、寛《くつろ》いでいてくんな」

甲斐甲斐しく火箸を取り、埋《うず》み火を熾《おこ》し始めた幸内は当年五十三歳。

身の丈は、並よりもやや高めの五尺五寸。体付きは均整が取れており、優美な細面は鼻梁《びりょう》も高い。

囲炉裏の火が明々と燃え始めた。

「おー、温ったけぇや。馬琴に夢中になってる間に、体がずいぶん冷えちまったみてえだなぁ……」

微笑みながらつぶやく口調は、現役の頃のままの伝法なもの。

それでも目元や口元には年相応に皺《しわ》が刻まれ、白髪も目立つが、身だしなみはきちんとしている。月代にも綺麗に剃りが入っていて、漂わせる小粋な雰囲気は力士と火消しに並んで江戸の三男に譬《たと》えられる、町方与力そのものだった。

「たしか、浪岡さんだったたな……お前さん、朝から何も食っていねぇだろ」

「お、お判りになりますのか？」

「当たり前さね。いい若え者《もん》が冴えねぇ顔をしてやがるのは腹っぺらしか、女に振られたときだって決まってんだよ」

驚く晋助に微笑み返し、幸内は自在鉤《かぎ》に掛けた鍋の蓋を開ける。

ふつふつと煮えていたのは、細く切った大根と油揚げ。

「こいつぁいいや。この匂いから察するに鶏《とり》と炊き合わせましたね、ご隠居？」

「ああ……散歩がてら、ちょいと亀戸《かめいど》まで出向いて一羽仕入れてきたのよ」

「そいつぁいいや」

俊平はご機嫌で杓子《しゃくし》を取った。

「あれ……？」

「残念だったなぁ、若いの」

お目当ての鶏肉が見当たらずに首を傾《かし》げるのを見やり、幸内は笑う。

「身のほうは俺と憐《れん》で平らげちまったい。悪く思うなよ」

「ははぁ、我らは出汁《だし》のみというわけですか」

「お裾分けに預かりたけりゃ、次からはもうちっと早めに来るこった。ははは」

明るく笑い飛ばし、幸内は台所からおひつを持ってくる。

夜に飯を炊いたらしく、おひつはまだ熱を帯びている。

蓋の上には丼が二つ、重ねてあった。

「行儀なんぞはいらねぇよ。男らしくぶっかけて、わしわし喰らうがよかろうぜ」

「そう来なくっちゃ」

「忝《かたじけ》のうござる」

俊平と晋助は丼に飯を盛り、熱々の鶏汁を掛け廻す。

「いい食いっぷりだなぁ」

若い二人を笑顔で見守りつつ、幸内は白湯《さゆ》を啜《すす》る。火から下ろした鍋の代わりに鉄瓶を掛けておいたのだ。

煙草《たばこ》盆を引き寄せて一服し始めたのは、食事が終わってからのことだった。

「人心地付いたかい、お前さん方？」

「おかげさまで満腹ですよ」

「そいつぁ良かった。まぁ、ちょいと食休みしな」

煙管《キセル》の灰を落とし、幸内は二人に白湯を注いでやる。

「落ち着いたら、順を追って話してみねぇ」

「されば、謹んで申し上げまする」

白湯の碗を置いた晋助は、折り目正しく膝を揃える。

やつれきっていた顔にも生気が戻り、本来の力強さを取り戻していた。

対する幸内は飄々《ひょうひょう》とした面持ちで、煙管をくゆらせている。

晋助の話を聞き終えても、柔和な表情は変わらない。

かつては南町の仲間だった堀口六左衛門、そして嫡男の貞五郎の外道ぶりを耳にしても激することなく、静かにつぶやくのみだった。

「成る程なぁ。堀口の奴、父子揃って出世に目が眩《くら》んじまったってわけかい」

「悲しいことですが、斯様に見なすしかありますまい……」

「まぁ、そいつも人の性《さが》ってもんだろうさ。目の前に美味《おい》しい餌《えさ》をぶら下げられりゃ誰だって揺れ動くもんよ。そこんとこは判ってやりな」

目を伏せる晋助の肩を、そっと幸内は叩いてやる。

「されどご隠居、このままでは！」

非道ぶりの一部始終を明かされて、いきり立ったのは俊平だった。

忍が定謙の妾にされた顛末《てんまつ》は知っていても、ここまでひどいことになっているとは思いもよらなかったのである。

「落ち着きなよ、若いの」

じろりと幸内は俊平を見返す。

「誰も放っておくとは言っちゃいねーや。お前さんも頭ぁ冷やして考えろい」

「す、すみませぬ」

「とにかくよぉ、親父の六左衛門を改心させなくっちゃなるめぇな」

「貞五郎はよろしいのですか？」

「大事ねぇやな、あんな小者《こもの》」

慎重に口を挟んだ俊平に、幸内は苦笑を返す。

「俺も顔ぁ知ってるが、独りで大したことができる奴じゃねぇ……所詮は出世話に舞い上がってるだけの馬鹿野郎さ。手の内をべらべら喋《しゃべ》っちまったのが親父に知れて、今頃は大目玉を喰っているこったろうよ。放っとけ、放っとけ」

「左様ですか……」

痛快な一言を耳にして、晋助は溜飲《りゅういん》の下がる思いであった。

「だけどよ、親父のほうは放っておくわけにはいくまいよ。矢部の野郎が躍起《やっき》になってほじくり返そうとしてやがる御救米の一件を承知してるのは、仁杉と堀口の他には佐久間だけだからなぁ」

その名前が出たとたん、俊平が驚いた声を上げた。

「佐久間様とは吟味方下役の御仁ではありませぬか、ご隠居？」

「知ってんのかい、若いの」

「八丁堀の稽古場にて幾度も手合わせをさせていただきました。捕縄《ほじょう》捌《さば》きはもとより十手《じって》を振るう手の内が殊《こと》の外《ほか》、お見事に錬られておいでです」

「亀島町の道場で、奴さんとやり合ってみたのかい」

「あの御仁ならば、いつ廻方に抜擢《ばってき》されても不足はありますまい……」

「おぬしがそこまで褒めるとは、よほどの手練《てだれ》なのだな」

晋助も感心した様子でつぶやく。腕の立つ俊平が褒めるとなれば、佐久間伝蔵はかなりの遣い手ということなのだろう。

「そうだろうなぁ……たしかに、あいつぁ出来る奴だぜ。町方じゃ見習いの同心に首打ち役をやらせるのが常のことなんだが、まともに御役を果たせる奴なんざ滅多にいるもんじゃねぇ。今日びは竹刀《しない》の捌きは上手でも、本身なんぞは抜いたこともない手合いばかりだからな。ところが佐久間ぁ一度も仕損じたことがねぇんだ。稽古で畳を斬らせるときと同じように、いつも一振りでサックリとやってのけたもんさね。物静かで目立たない奴なんだが、妙に度胸が据わってるんだなぁ……ほんと、出来た男だよ」

「成る程、やはり頼もしき御仁なのですね」

「そういうこった。あいつなら、矢部と鳥居に美味しい話をちらつかされたって心を動かすことはまず有るめぇよ。堀口さえ改心させちまえば、生き証人の線は押さえられるだろうぜ」

「お願いできまするか、ご隠居?」

「任せておきねぇ」

やはり幸内は頼もしい。

だが、安堵してばかりもいられなかった。

「だけどなぁ、お前さん方。こいつぁあくまで相手の出方次第、ってことだけは含んで置いてくれよな」

「ご隠居?」

「堀口は佐久間と違って、肝っ玉の小せえ男よ。そんな野郎を締め上げるのは心苦しいこったが、性根が腐りきってるとなれば俺も勘弁ならねぇ。そんときは鬼になっちまうけど、構わねぇな」

「鬼……にございまするか」

「要は、改心しそうになけりゃ引導を渡すってことさね」

「それは……詰め腹を切らせる、ということでありますか?」

「ああ」

さらりと答える幸内を前にして、若い二人は絶句する。

先に口を開いたのは晋助だった。

「宇野様、あの御方は拙者《せっしゃ》の……」

「義父殿《おやじ》になるから、それがどうしたってんだい。まさかお前さん、同心の家の娘だから忍さんに惚れたわけじゃあるめぇ?」

「ち、違いまする」

「そんなら堀口の生き死になんぞを気に掛けるには及ぶめぇ。惚れた女の身の上だけを考えてやりな」

「されど、六左衛門様も……」

「こっちに任せたからにゃ、余計な口は挟ませねぇぜ」

冷ややかに答える幸内は、両の目をぎらつかせていた。

優美な細面は別人の如く険《けわ》しくなり、額に青筋を立てている。

この幸内は、現役の与力の頃に鬼仏《おにぼとけ》の異名を取った男。

弱者には仏の顔で接する反面、悪党を相手にすれば鬼と化す。

地蔵と閻魔大王《えんまだいおう》の如く、表裏一体の優しさと激しさを兼ね備えているのだ。

晋助はもとより俊平も知らずにいた、鬼気迫る面持ちで幸内は言った。

「俺は堀口とは長え付き合いだ……お前らが生まれる前から、あいつが見習いの若同心の頃から知ってるのだぜ。そいつが手前の古巣をよ、本気で危うくしようとしていやがるってんなら容赦《ようしゃ》はしねぇ……」

「ご、ご隠居。まずは、堀口殿に会うてからにしてくだされ」

「そうだなぁ。四の五の言うのは、それからでいいやな」

おずおずと俊平が口を挟むや、幸内は微笑んだ。

拍子抜けした二人をよそに、台所に入っていく。

「さて、と……どうだい、話も済んだところで一杯呑《や》っていくかね」

一升徳利《とっくり》を持ってきて相好《そうごう》を崩した様は、穏やかそのもの。
鬼の顔を収めた今は、いつもの仏に戻っていた。
宇野幸内は、誰彼構わずに怒りをぶつける男ではない。
人を信じ、許すのを身上とするのが基本である。
矢部定謙、そして鳥居耀蔵さえも、頭から悪人と決め付けてはいない。
直に接し、その人柄を見極めた上で答えを出す。
堀口六左衛門に関しても、同様にするつもりであった。

第七章　お内儀さまは強し

一

巻き藁《わら》を斬《き》る音が、絶えることなく続いた。
周囲の騒ぎを意に介さず、佐久間伝蔵は試し斬りを続けていた。
以前から時たま試みてはいたものの、ここ数日は明らかにおかしい。
夜間の徘徊《はいかい》が止んだと思ったとたん、憑《つ》かれたように始めたことだった。
「ヤーッ！」
梅吉が去った後で始めたのは、乾いた巻き藁を斬ることだった。
水気《みずけ》を含んでいなければ、刃はとおりにくい。
表面が爆《は》ぜるだけで、芯《しん》まで切断するのは至難である。

されど、この妙技を為し得ずして本懐《ほんかい》は遂げられまい。

揺るぎない信念の下に伝蔵はここ数日、試し斬りの稽古の仕上げに乾いた巻き藁を相手取るのが常だった。

気合いの入り方も尋常ではない。

「エーィ!!」

「ご近所に聞こえまするよ、貴方……」

妻のかねが遠慮がちに呼びかけても、聞こえてなどいなかった。

張り倒されるのが怖いため、早々に諦めたかねは奥に引っ込む。文句を付ける者が現れても、二度と応対はしないつもりだった。

そんな妻の行動にまったく気付かぬまま、伝蔵は手にした一刀を打ち振るう。

ふだん帯びている、黒鞘《くろさや》入りの定寸刀ではない、
切柄と呼ばれる試し斬り専用の柄を装着したのは、切れ味鋭い利刀《りとう》の作り手として世に知られた大和守安定《やまとのかみやすさだ》の作。

見習いを経て同心の職に就いたときに父から譲り受け、首打ち役に用いてきた一振りである。

敬愛する仁杉五郎左衛門を貶《おとし》めた奴らが、許せない。

この切れ味も鋭い利刀を以《もっ》て、正義を為す。

堀口六左衛門を、血祭りに上げる。

かかる一念が、妙技を可能としたのである。

鈍色《にびいろ》の刃が力強く閃くたびに、巻き藁は見る見る短くなっていく。

二本目も三本目も同様だった。

表面が爆《は》ぜるだけにとどまらず、芯まで刃を通して斬り尽くす。

必要とする技を、ついに伝蔵は身に付けたのだった。

「こ、これでやれるぞ……」

荒い息を吐きながら、つぶやく口調は清々《すがすが》しい。

同心の職はもとより、すべてを投げ打って事を為す。

敬愛する上役の名誉を守り、不正を糺《ただ》すために命を捨てるのだ。

すでに心は決まっており、心気は充実していた。

だが、集中するのが徒《あだ》になることもある。

目の前しか見えていない伝蔵は、修練の一部始終を見届けた三村右近の存在に気付かずじまいだった。

二

その頃、仁杉五郎左衛門は眠れぬ夜を過ごしていた。

同じ八丁堀とはいえ同心たちの組屋敷からは離れており、佐久間伝蔵の気合いを込めた叫びは聞こえてこない。

まして三百坪もある邸宅の奥で床《とこ》に就いていれば、門の外の物音など耳に届くはずもなかった。

にも拘《かか》わらず、五郎左衛門は先程から安眠できずにいる。

佐久間伝蔵のことが、気がかりなのだ。

不審な行動については、かねてより聞き及んでいた。

有能ながら目立つことを望まず、こつこつと真面目に御用をこなしてきた男が昔取った杵柄《きねづか》とはいえ、いい歳をしていながら何のつもりで試し斬りを修練し始めたのかと、与力たちの間でも噂で持ちきりになっていた。

このまま噂が拡がっていき、行状を子細に調べられれば、伝蔵しか知らない辻斬りまがいの所業に及んでいたことまで、明るみに出てしまう。

そうなれば、伝蔵は無事では済むまい。

定謙の怒りに触れれば代々の同心職を失うばかりか、責を取らされて切腹まで強いられかねないのだ。

かつての部下が詰め腹を切らされる光景など、見たくもなかった。

（早まるでないぞ、佐久間……）

床の中で祈りながらも、五郎左衛門は行動を起こすことができずにいる。下手な動きをすれば、かえって伝蔵の立場が悪くなるからだ。

今の五郎左衛門に、表立って伝蔵を救ってやれるほどの力は無い。

かつては自他共に認める南町奉行の片腕だったというのに、このところ肩身は狭くなるばかり。五郎左衛門を支持する者など、数えるほどしかいない。

名与力と呼ばれた男の権威が損なわれたのは、矢部定謙のせいだった。

前の南町奉行だった筒井政憲を失脚させ、後釜《あとがま》に座ろうと目論んだ定謙は五年前に政憲が公儀より仰《おお》せつかった、御救米《おすくいまい》調達の一件に目を付けたのだ。

性急に事を起こしたわけではなかった。

大して裏も取らずにでっち上げた奸計《かんけい》が通じるほど、公儀は甘くない。堅物《かたぶつ》であっても愚者《ぐしゃ》には非ざる老中首座の水野忠邦が根拠の無い話を信用し、江戸市中の治安を預かる町奉行の首を簡単にすげ替えるはずもなかった。

まして、忠邦は定謙とは犬猿の仲。

そんな定謙の訴えが功を奏したのは、五年にも亘《わた》って続けてきた探索に説得力があればこそだった。

御救米の調達が行われた天保七年(一八三六)、折しも定謙は赴任先の大坂から江戸へ呼び戻され、勘定奉行職に就いていた。

着任して早々に不正を疑い、御救米の調達に関する調べを始めたのだ。

当初は役目の上で始めたことが出世の手段にすり替わったのは三年前、定謙が忠邦に睨まれ、勘定奉行職を解かれてからのこと。西ノ丸留守居役に小普請支配と閑職にばかり廻され、起死回生を図るべく奮闘し、ついに南町奉行所を告発するに至ったのである。

槍玉《やりだま》に挙げられたのは、御救米調達の現場責任者だった五郎左衛門の幾つかの独断専行。以前から南町奉行所と繋がりのある町方御用達の商人ではなく、新たに連れてきた米問屋に御救米の買い付けを命じたばかりか、職権を濫用して数々の金策を勝手に行い、私腹を肥やしたと決め付けられたのだ。

新規の米問屋を登用したのは欲得ずくでも何でもなく、御用商人任せでは米の買い付けが遅々として進まなかっただけの話。

職権濫用と見なされた金策にしても私腹を肥やすためではなく、定められた額の公金だけでは御救米を手配しきれず、不足した費用を補うために、やむを得ず踏み切ったことだった。

五郎左衛門の独断専行は、政憲もすべて承知の上。

市中の民に行き渡るだけの御救米さえ買い付けられれば、それでいい。

過程よりも結果を優先し、好きなようにさせてくれたのである。

しかし、公儀全体から見れば許せることではない。

責任を取らされて政憲は南町奉行所を去り、残った五郎左衛門は針の筵《むしろ》。

公務に乗じて私腹を肥やした腹黒い男と決め付けられたばかりか、新たに南町奉行となった定謙が検挙率の向上を重んじる方針に異を唱えても、賛同する者は皆無に等しい。御救米の調達に携わった当時の配下であり、共に汗を流した堀口六左衛門までが今や敵に回り、五郎左衛門を非難して止まずにいる。

かかる現状に憤《いきどお》っていたのが、佐久間伝蔵だった。

ほとんどの与力と同心が定謙に賛同し、報奨金を目当てに検挙率を上げることしか考えずにいるのを危惧し、安易に罪人を作ることをせずにいた。

しかし悲しい哉《かな》、一同心の力など高が知れている。

不満が募るのも当然だったが、辻斬りまがいの所業に及ぶとは言語道断。何故のことなのかは定かでなかったが、このままでは無事では済むまい。

そこで、いち早く事態を察した五郎左衛門は投げ文を作ったのだ。

わざと仮名文字ばかり用い、筆跡まで変えた上で、伝蔵が南町の仲間によって阻止《そし》されるように取り計らったのである。

「早まってくれるでないぞ……」

力なくつぶやきつつ、五郎左衛門は眠りに落ちていく。

日付は変わって、六月二日。

血塗られた惨劇の幕開けは、刻一刻と迫りつつあった。

夜が更け行く中、五郎左衛門は夢を見ていた。

出てきたのは見習い与力の頃から同じ釜《かま》の飯を食ってきた、親友の宇野幸内。

脳裏にまざまざと浮かんだのは去る二月、浪岡晋助の訴えを聞き届けた幸内が南町奉行所に乗り込んできたときの光景だった。

五郎左衛門が途中まで口出しひとつできなかったのも、目の前で現実に起きたことと同じであった。

無二の友はそれほどの気迫を以て、堀口六左衛門を追い込んだのである。

「う、宇野様？」

年番方与力の用部屋に呼ばれたとたん、六左衛門は凍り付く。

「よぉ」

対する幸内は柔和な表情。まだ鬼の顔にはなっていない。

「し、しばらくぶりにございまする。その節は、一方ならぬお世話になり申しました……」

ぎこちなく頭を下げていながらも、六左衛門が面白かろうはずはない。

まして、ここは仁杉五郎左衛門の部屋である。

南町の名与力二人が揃い踏みしている前で、迂闊《うかつ》な真似はできかねた。

「お前さん、しばらく見ねぇうちに随分と箔《はく》が付いたもんだなぁ」

黙り込んだのを見返し、幸内は牽制《けんせい》の一言を投げかける。

これだけで立腹し、ぼろを出すようであれば息子と同様の小者《こもの》である。

しかし、六左衛門はすぐに馬脚《ばきゃく》を現しはしなかった。

「ご、ご冗談を……」

痩《や》せた顔を引きつらせ、懸命に作り笑いを浮かべている。

「朝っぱらから冗談を言いに来るほど、俺も閑人《かんじん》じゃないのだぜ」

「お、恐れ入りまする」

「時に、娘御は変わりないのかい」

「おかげさまで……そ、息災にしておりまする」

「ってことは、忍さんは組屋敷にいるんだな？」

「さ、左様《さよう》にござる」

「そんなら見舞いに行ってもいいかね。娘御の想い人の、浪岡も連れていくよ」

「そ、それればかりはご容赦《ようしゃ》くだされ！」

「どうしてだい」

ついに動揺を見せた六左衛門に、幸内はきょとんとした顔で問い返す。

「畏《おそ》れながら、愚問というものでありましょう」

開き直った様子で、六左衛門は言い放つ。

「町方とは申せど当家は代々の直参。素浪人を婿《むこ》に取るつもりはございませぬ！」

「ふーん……お前さん、稀有《けぶ》（奇妙）なことを言うもんだねぇ。年の瀬にゃ二人の仲を許すって、はっきり言ってたんじゃねぇのかい？　この仁杉と俺の目の前でハッキリと、なぁ」

「は……」

「まぁいいや。人にゃ物忘れってこともあるからな……。だけどよぉ、することに間違いがあっちゃいけねーよ」

にっと笑うや、幸内は続けて問いかける。

「お前さん、娘を矢部左近衛将監に差し出すんだってな」

「そ、それは……」

「白刃の下ぁ潜《くぐ》って取り戻した大事な娘をよぉ、年が明けたとたんに熨斗《のし》付けて進呈するたぁ、一体どういう料簡《りょうけん》なんだい？」

「な……何者が吹聴したのですか、宇野様っ」

「さてね。もしかしたら見習い与力になって浮かれてやがる、お前んとこの馬鹿息子じゃねぇのかい」

「さ、貞五郎が他所《よそ》でも喋《しゃべ》りおったと⁉」

「語るに落ちたな、馬鹿野郎」

「………」

六左衛門は真っ青になっていた。

鬼と化しつつある幸内に、圧倒されたからだけではない。無言で見守る五郎左衛門の目の前で、裏切りが露見してしまったからだ。しかし、もはや取り返しは付きそうになかった。

幸内は冷ややかな眼差しを向けてくる。

「お前が矢部だけじゃなく、鳥居とつるんでいやがるのも承知の上よ。あいつの後ろにゃ水野越前守が控えていなさる……何とも頼もしいこったな」

「せ、拙者《せっしゃ》に手を出さば越前守様が黙ってはおられませぬぞ！」

「甘いなぁ、甘い甘い……町方の木っ端役人ひとりの生き死にを、お偉方がいちいち気に掛けなさると本気で思ってんのかい？　左近衛将監さえ南のお奉行の座に据えりゃ、事を知りすぎちまったお前さんたちは鳥居の番犬どもに始末されるだけのこったろうよ」

「そんな……」

「出世に目が眩《くら》んだのが命取りだったな。え？」

「そ、それがしはわが家と貞五郎の将来を思えばこそ……」

「黙りな。筋を違えて家が栄えるとでも、本気で思ってんのかい？　お前みてぇな糞《くそ》野郎《やろう》と心を同じくしようなんて言っちまった、手前が恥ずかしいぜ!!」

「お、お許しくだされ」

「そいつぁ俺じゃなくて、お奉行に申し上げるこったろう？　下城して来られるにゃまだ間があるぜ。性根を据えて、もうちっと気の利いた詫び言でも考えるんだなぁ」

今や幸内は鬼と化していた。

かつて吟味方与力だった頃と同じく、町奉行の前に引きずり出す前にすべてを白状させ、罪を固めてしまうつもりなのだ。

と、黙っていた五郎左衛門が口を開いた。

「面《おもて》を上げよ、堀口」

「仁杉様」

「私はおぬしを信じるぞ。安堵せい」

「おい、仁杉っ！」

幸内が慌てても、五郎左衛門は穏やかな態度を変えない。

それは思わぬ裏切りだった。

「どういうつもりだい、仁杉……」

裏切り者の六左衛門が逃げるように立ち去った後、幸内は五郎左衛門を問い詰めずにはいられなかった。

悪しき一味の企《たくら》みに今後は協力しないと約束させはしたものの、さすがの幸内もあの男は信用できない。とことんやり込めなくては、懲《こ》りぬはずだった。

しかし、五郎左衛門は追及を拒んだ。

「儂《わし》は六左衛門を信じたい。何を為そうと、な……」

「お前さん、それでいいのかい⁉」

「人を信じることから入るのは、おぬしの信条であろう」

「そ、そりゃそうだけどよ……」

「頼む。その信条を、こたびも貫いてくれぬか」

だが、五郎左衛門の判断は甘かった。

後日、幸内が屋敷まで訪ねてきたことがある。

下谷二長町の矢部邸に忍《しの》び込んで一味の密談を盗み聞いたところ、六左衛門に加えて物書役同心の高木平次兵衛《たかぎへいじひょうえ》までが裏切り、敵方に付いたというのだ。

だが、息を切らせた友の訴えを五郎左衛門は拒絶した。

「おぬしの気持ちは有難い。されど、もはや構うてくれるな」

「何を呑気《のんき》なこと言ってるんだい、仁杉っ⁉」

「私は信じたいのだ。堀口も、高木もな……」

あくまで配下たちを信じ抜き、追及するまいと心に決めたのだ。

今にして思い起こせば、甘い限りの考えだった。

「あの二人を早いとこ捕らえるんだ！　このまま放っといたら、取り返しの付かかねぇことになっちまうぜ!!」

「夜も遅いのだ。済まぬが、引き取ってくれい」

それ以上は耳を傾けるのが耐えがたく、五郎左衛門は屋敷の門を閉じさせた。

無二の友の忠告を聞き入れなかったがために、南町奉行の首がすげ変わるとは思いもよらずに――。

それから二月《ふたつき》が経ち、四月二十八日に矢部定謙は満を持して、数寄屋橋の南町奉行所に赴任した。

予期せぬ事態は、それだけでは済まなかった。見習い同心の三村右近が廻方に抜擢《ばってき》され、悪党を片っ端から退治し始めたのである。

火盗改と違って斬り捨て御免など許されていないというのに、現場を押さえて盗っ人を斬殺《ざんさつ》するのもためらわない。

そんな右近を定謙は野放しにし、好き勝手にやらせていた。

結果として江戸市中からは悪党が一掃されたものの、これは必ずしも喜ばしい事態とは言えなかった。

命を惜しんで逃げ出した連中が、武州から甲州にまで流れ込んだのだ。

江戸が平和になった代わりに関八州の治安が乱れては元も子もない。いい迷惑なのは負担が増えた勘定奉行配下の関東取締出役——八州廻りであった。

右近の暴走を野放しにしていたのは、定謙だけではない。

直属の上役である堀口六左衛門も反省するどころか。右近のおかげで自分も株が上がったばかりに偉そうに振る舞い、五郎左衛門が苦言を呈しても以前の如く平身低頭することは無かった。

「時流は変わったのですぞ、仁杉様。余計なお節介は止めてくだされ」

「何と申すか、うぬ！」

五郎左衛門もさすがにカッとなりかけたが、駆け付けた佐久間伝蔵が六左衛門を殴ろうとしたため、逆に制止せざるを得なかった。

「止《よ》せ、佐久間っ」

「お離しくだされ、仁杉様！」

五郎左衛門の制止を振り切ろうと伝蔵は暴れ、悔し泣きまでしたものだった。

そんな様を前にしながら、六左衛門は醒めていた。

「無礼であるぞ、佐久間」

「何っ」

「吟味方とは申せど、おぬしは下役。筆頭同心に楯突《たてつ》くとは笑止であろうが？」

「おのれ、恥を知れっ！」

「二度と無礼は許さぬぞ」

悠然と命じるや、六左衛門は踵《きびす》を返した。

かつての誠実さなど微塵も見せず、体を張って庇《かば》ってくれた五郎左衛門に詫びの言葉ひとつ残してはいかなかった。

「ま、待て!!」

「止さぬかっ」

脇差に手を伸ばすのを、五郎左衛門は必死で止めたものである。

奉行所内で刃傷に及べば御役御免になるのは当然、詰め腹を切らされる。

義に厚い配下を、愚《おろ》か者の一命と引き替えに無駄死にさせてはなるまい。

あのときの怒りを、伝蔵は抑えきれずにいるのではないか。

だとすれば、再び止めねばなるまい。

（早まってくれるでないぞ……佐久間……）

明日は可能な限り、目を離さずにいるとしよう。

そう心に決めながら、眠りに落ちる五郎左衛門だった。

三

「だから俺ぁ言ったんだぜ、仁杉よぉ……」

新大橋の隠居所の奥から、幸内の寝言が聞こえてくる。

やはり、あのとき六左衛門を締め上げておくべきだった。

むろん、幸内も何も手を打とうとしなかったわけではない。

「ったく、こんなことなら仁杉に立ち合ってもらうんじゃなかったぜ……」

ぼやきながら向かった先は奉行所の奥にある、筒井政憲の部屋。

下城してくるのを待ち受け、直訴するつもりであった。

しかし、行く手は早々に阻《はば》まれた。

「これより先はお通しできませぬ故、お戻りくだされ」

当時はまだ幸内が知らずにいた、三村右近が阻止したのだ。

「この野郎！　どきやがれいっ」

「奉行所内にございまするぞ。伝法な物言いをなさるのは、素町人どもが相手のときに限っていただきたいですなぁ」

「お前さん、どこの者だい？」

嘲《あざけ》るような口調に気色《けしき》ばみつつ、幸内は問い返したものである。

この男は怪しい。

初対面のときから、半蔵はそう見なしていた。

「本日より出仕に及びし、三村にござる」

「三村さんとやら……お前の腕なら十手《じって》なんぞ握るよりも、だんびらを振り回すのが合ってるんじゃねぇのかい。雇い主なんぞ、幾《いく》らでも居るだろうが？」

「乱世ならばいざ知らず、太平の世に斯様《かよう》な働き口がございますかな」

「たとえば御目付の鳥居耀蔵……なんてのはどうだい」

「さて、いかがでありましょうなぁ」

「てめぇ……」

そこに一団の見習い同心が駆け付けた。

「お引き取りなされ、宇野様！」

先頭に立っていたのは右近と同じ、裃《かみしも》姿の堀口貞五郎。

大きく出たものだが、あるいは六左衛門にけしかけられたのか。

いずれにしても、若い連中が怖い物知らずなのはよく分かった。

「ご隠居の御身で無体をされては困りますぞ。早々にお引き取りなされ」

「そうだ、そうだ」

「お引き取りなされ！」

「お引き取りなされ!!」

貞五郎に扇動され、若同心は口々に非難する。

「お前ら……誰に物を吐《ぬ》かしてやがる!?」

だが、幸内の凄《すご》みも通用しない。

若い連中から見れば恐れるに値しない、一人の隠居にすぎないからだ。

昔馴染みの同心たちはことごとく沈黙している。腐っても筆頭の六左衛門に釘を刺され、若同心たちの暴挙を止められずにいたのであった。

「隠居じじぃめ……」

廊下の光景を横目に、六左衛門はほくそ笑む。

幸内に対してはむろんのこと、五郎左衛門にも敬意など抱いていない。

二人が名与力であるのを知っていながら、より大きい権力を有する悪しき輩《やから》を後ろ盾に、とことん逆らうつもりだった。

「くそったれ……俺はともかく、仁杉を蔑《ないがし》ろにしやがって……」

苛立ちの呻きを漏らしながら、幸内は寝返りを打つ。

佐久間伝蔵の様子がおかしいことについては、何も知らない。

俊平も所属が異なる南町の同心に関する情報まで持っておらず、他に知らせてくれる者はいなかった。

もしも五郎左衛門が幸内に打ち明け、策を講じていれば、伝蔵の暴走は防げたかもしれない。

だが、鬼仏と呼ばれた名与力も神には非ざる身。

決行を前にして試し斬りに励む伝蔵のことを、知る由《よし》はなかった。

四

堀口六左衛門もまた、夢を見ていた。

幸内を退散させたのと、同じ夜の出来事である。

「それは難儀であったのう、堀口」

「ご心配をおかけし、恐縮に存じまする」

矢部定謙から労《ねぎら》いを受けた席には、貞五郎と右近も来ていた。

「鬼仏を相手に大した貫禄だったなぁ、三村さん」

「大したことはない……鬼が聞いて呆れるわ。ははははは」

二人が下座で杯を交わす様を、六左衛門は笑顔で見やる。

貞五郎は未熟ながらも可愛い息子であり、上役としても育て甲斐がある。

そして、右近はふてぶてしいながらも頼りになる男。

いずれも配下として申し分ない。

ほくそ笑んでいると、鳥居耀蔵が遅れて入ってきた。

そのとたん、六左衛門は啞然とする。

「高木……？」

耀蔵が連れてきたのは思わぬ男。

同じ南町で物書役同心を務める、高木平次兵衛だ。

平次兵衛は耀蔵が手配した、新たなる手駒だった。

「よろしいですかな、御一同」

淡々と前置きし、耀蔵が披露したのは、筒井政憲の筆跡を写した偽の書状。

五年前に書かれたものと見せかけるため、わざと古びた紙まで用いている。

政憲が五郎左衛門の独断専行を認めたと証拠づけるため、能書家の平次兵衛を口説いて耀蔵が作成させたのだ。

「まさに見事な筆跡《て》だのう……いやはや、大儀であった」

褒め言葉こそ大層だったが、耀蔵が寄越した懐紙の包みにくるまれていたのは小判ではなく、板金《いたきん》のみ。

「たったこれだけにございますのか、御目付様……」

「紙切れ一枚には妥当な値《あたい》であろう？」

「あ、有難く頂戴いたしまする」

気が弱いくせに、平次兵衛はよほど大金が得られると思ったらしい。

ともあれ、これで策は成った。

六左衛門が生き証人となり、定謙が調べ上げた事実を裏付ける。

その中には耀蔵が捕らえて拷問し、自白を強いた末に口封じをした、米問屋の手代たちの証言も含まれていた。

決め手が本人の筆跡そのままの書状と来れば、誰もが信用するはずだ。

老中首座の水野忠邦も、疑うはずがなかった。

かくして一味の企みは成就し、政憲は罷免《ひめん》されたのである。

御救米調達に現場で尽力した、五郎左衛門らについては一切お咎《とが》めなしとしてもらう代わりに、定謙に後を任せたのだ。

だが、敵もさる者である。

間際になって政憲は反撃を試み、事もあろうに定謙を拉致《らち》したのだ。

加担したのは宇野幸内と、その仲間たち。

俊平と政吉ばかりか、晋助まで加わっていたらしい。

六左衛門は政憲の不審な動きを耀蔵に急ぎ知らせたのみで、その後の始末には関与していない。三村右近から伝え聞いたところでは、笠井半蔵と弟の村垣範正が寸前に駆け付けたために手こずり、耀蔵と配下の小人目付衆も定謙の身柄こそ取り返したものの、敵を殲滅《せんめつ》するまでには至らなかったという。

右近がその場にいながら、なぜ逃がしたのか。

（あやつの腕こそ、大したことがないのかもしれぬのう……）

目を覚ました六左衛門は、ふっと笑う。

六左衛門はこのところ、右近のことを持て余していた。

表向きは今も配下だが、日を追うごとに態度はふてぶてしさを増すばかり。

それでも以前は手柄を立てまくっていたので良かったが、近頃はやる気を一向に出さず、御用を怠ってばかりいる。

扱いにくい限りであり、できることならば手放したい。

そんなことを考えていたとき、表から訪いを入れる声が聞こえてきた。

「火急の用じゃ。出て参れ」

雨戸越しに呼びかけるのは三村右近。相変わらずの不遜《ふそん》極まる態度だった。

寄り添って眠る女を押し退け、六左衛門は大儀《たいぎ》そうに起き上がる。

「ううん、何ですか旦那ぁ」

寝ぼけ声を上げたのは若い妾。

糟糠《そうこう》の妻を遠ざけた六左衛門は、忍とさほど歳の変わらぬ女を組屋敷の離れに住まわせていたのである。重ね重ね、恥知らずなことである。

そんな上役の素行など、右近は気にも留めていない。

玄関で待っていたのは、まさに火急の用件を伝えるためであった。

とはいえ、不遜な態度は常のとおり。

「斯様な時分に何用か、三村……」

不機嫌な顔を露《あら》わにする六左衛門に、右近は皮肉な笑みを投げかける。

「脂粉《しふん》が臭うぞ。お盛んなことだな、筆頭同心殿」

「放っておいてもらおう」

「寝酒も値の張るものに替えたらしいな。お奉行の報奨金で、よほど懐が潤っておるらしい。豪気なことじゃ」

「嫌みを申すのも程々にせい」

六左衛門は苛立たしげに手を打ち振る。

ただでさえ貫禄に乏しいのに、寝間着姿では威厳も何もあったものではない。

貧相な上役に今一度苦笑した後、右近はおもむろに話を切り出した。

「時に筆頭同心殿、明日は出仕せぬほうが良いぞ」

「何と申す？」

「その身に危険が及ぶ故、気を付けよと言うておる……」

「如何《いか》なることじゃ」

「佐久間の様子がおかしいぞ」

「佐久間伝蔵、か？」

「左様。吟味方下役を務め居る、おぬしが無二の朋輩《ほうばい》よ」

「止《よ》してもらおう。斯様な堅物が何をいたそうと、儂の知ったことではないわ」

六左衛門は忌々しげに吐き捨てる。

伝蔵には折に触れて難癖を付けられ、先日は湯屋で殴られた。

しつこい限りであった。

奉行の首こそすげ変わったものの、伝蔵が敬愛して止《や》まない仁杉五郎左衛門はまだ現職にとどまっている。

一体、伝蔵は何が不満なのか。些細な背任行為をしつこく責めるだけでは飽きたらず、今度は何をするつもりなのだろうか。

「面白くも無きことであろうが、話は最後まで聞いておいたほうがよかろうぞ」

不快感を露わにするのを面白そうに見返しつつ、右近は続けて言った。

「つい今し方まで、佐久間は試し斬りの稽古をしておった」

「それはいつものことであろう。あやつは若同心の頃に御様御用《おためしごよう》の山田様より目を掛けられ、様《ため》剣術《し》の手ほどきを受けておった身。爾来《じらい》、折に触れて巻き藁斬りをしておるのは八丁堀じゅうが承知の上ぞ」

「そのぐらいは儂も存じておる。常とは様子が違う故、わざわざおぬしへ注進しに参ったのだ……まぁ、黙って聞け」

右近は表情を引き締めた。

いつになく真面目な態度を示され、仏頂面の六左衛門も思わず耳を傾ける。

果たして右近が明かしたのは、剣呑《けんのん》な話であった。

「このところ佐久間が試みておるのは、只の試し斬りには非ず。無頼の徒を相手取って辻斬りまがいの真似を繰り返し、勝負勘を磨いた上で、常の場にて生きた者を斬るための業前《わざまえ》を錬っておるのだ」

「えっ!?」

「おぬしは知らぬであろうが、巻き藁は水気を含ませれば容易《たやす》く斬れる。されど佐久間は乾いたまま断ち斬ることに執心しておった」

「何故に、左様な真似を……」

「判らぬか。着衣の上から存分に斬り込むためよ。薄い夏物であろうと、衣には刃を防ぐ効能があるからの。こうして羽織を重ねておれば尚のことじゃ」

巻羽織の肩をそびやかし、右近は言った。

「もとより、あやつは首斬り朝右衛門とは昵懇《じっこん》の間柄と聞いておる。生身を斬る感触を思い出すだけならば山田屋敷まで出向き、罪人の亡骸《むくろ》を試させてもらえば済む話ぞ。それを敢えてせず、乾いた巻き藁を断つ業前を錬り上げんといたすは、存念有ってのことに相違あるまい。裸に剝かれた亡骸をどれほど切り刻んだところで、着衣の上からとなれば勝手が違うからのう」

「貴公、な、何故に儂に知らせて参ったのか」

「おぬし、先だって佐久間を軽くあしらっておったそうだの」

「そ、それはあやつが……」

「佐久間にしてみれば、おぬしが仁杉に対し、上役とも思えぬ素振りを示したのを腹に据えかねておるはずぞ。よくも、その場にて抜刀《ばっとう》せずに耐えたものだ」

「されど儂は湯屋で因縁を付けられ、思い切り張り倒されたのだぞ!?」

「そのぐらいで怒りが収まるはずもなかろう」

「…………」

「いい加減に認めるのだ。あやつが斬らんと欲する相手は、おぬしを措《お》いて他に居るまい。辻斬りまがいの真似も、試し斬りも、すべてはそのためだ」

「た、助けてくれい！」

恥も外聞もなく、六左衛門は悲鳴を上げる。

見返す右近は薄笑い。

「そう願うのならば、俺の言うとおりにすることだ」

「し、承知した」

「あやつが事を起こすとすれば十中八九、奉行所内であろう」

「何故、斯様に判じられるのか？」

「一命を賭して事を成すからには、人目に立たねば意味がないからの」

「儂を斬り、皆にお奉行との繋がりを訴えると申すのか」

「おぬしのみには非ず。同じく事に加担せし高木平次兵衛、そして貞五郎も同罪と見なしておろうな」

「さ、貞五郎まで？」

「おぬしら父子が同罪なのは明白であろう」

「…………」

「これはお奉行の気前の良さが災いしたと申すべきだろうが、先に筒井伊賀守が失脚せし後におぬしと貞五郎、そして高木は露骨に重く用いられる次第となった……如何なる仕儀なのか、少々勘を働かせれば察しも付くはずだ」

「て、手証は何もないはずぞ」

「そのとおり。おぬしら父子はもとより高木にも落ち度はない。しかし自らも死に行くことを覚悟せし者には、手証など不用であろう」

「されば、佐久間は問答無用で……」

「おぬしら三人を斬ってしまえば死人に口なし。まとめて誅《ちゅう》した上で、伊賀守と仁杉を陥れし裏切り者であると声高に訴えれば、皆も耳を傾けよう」

「されど、あやつとて無事では済むまい？」

「佐久間はもとより欲の薄き男。願いし事さえ成し遂げれば本望という手合いぞ……おぬしと違うて、な」

「何とかしてくだされ、三村殿っ!!」

「案じるには及ばぬ……俺の言うとおりにいたせば、な」

「か、忝《かたじけ》ない」

　頼もしい言葉を耳にして、六左衛門は安堵する。

　と、信じ難い一言が耳朶《じだ》を打つ。

「おぬしの身代わりに、貞五郎を差し出せ」

「え？」

「聞こえなんだか。あの馬鹿息子を、盾《たて》にせいと言うておるのだ」

「み、三村殿」

「遊び回るしか能の無き息子に、何の未練があると申すのか？　今宵《こよい》も常の如く岡場所を徘徊し、隠し売女《ばいじょ》を物色したあげくに明烏《あけがらす》が鳴く頃に戻り来て、朝湯を浴びてから出仕に及ぶのであろう。日頃の惚けた顔を見ておれば自ずと察しも付くわ。いい加減、見切りを付ける頃合いではないか」

「…………」

「腹を括《くく》るのだ。おぬしとて、馬鹿息子に金を遣してやるために袖の下やら付け届けを取っておるわけではあるまい？　お奉行の報奨金と同様、きれいさっぱり遣うてしもうたほうがよかろうぞ」

「されど……」

「何も惑うには及ぶまい。邪魔な尻尾《しっぽ》などさっさと切ってしもうて、限りある生を己《おの》がために楽しむことじゃ……」

凍り付いた六左衛門の耳許に口を寄せ、右近はささやく。

あるじの耀蔵のしぐさを見習い、愚かな相手に更なる非道を——わが子を犠牲にして生き延びることを勧めたのであった。

五

それぞれの夜が更け行く中、笠井半蔵は身動きが取れずにいた。

佐和はしっかりと寄り添い、離れようとせずにいる。腕ばかりか足まで絡めたまま、深い眠りに落ちていた。

振りほどくのは容易《たやす》い。

しかし、愛する妻を突き放すことはできかねた。

妙な胸騒ぎを覚えながらも、半蔵は仰臥《ぎょうが》したまま動かない。

「こんなときに何をしてやがるんだい、あの野郎……」

不甲斐ない様子を覗き見ながら、梅吉は舌打ちをせずにいられなかった。

天井裏に忍び込んだことに、気付かぬ半蔵ではないはずだ。

不審者が現れたと見なせば、腕に覚えの忍びの術で早々に反撃するのがいつもの半蔵である。

だが今は微動だにせず、泣き疲れて眠った妻を抱いているのみ。

仲がいいのは結構だが、これでは話もできない。

と、背中越しに苛立った声が聞こえてくる。

「何をしてやがるんだい、梅」

「姐《あね》さん……」

いつの間にか、お駒が後を追ってきたのだ。

店を閉めた後、居ても立ってもいられずに八丁堀へ、そして梅吉がいないことに気付いて、半蔵の屋敷まで何か知らせに行ったと察しを付けたのである。

お駒にしてみれば、探索にかこつけて半蔵の顔が見られるのは嬉しいこと。

ところが出向いてみたものの、待っていたのは不快な光景。

佐和のことも決して嫌いではないとはいえ、ひしと抱き合ったままでいるのを見せつけられては腹も立つ。

「旦那に知らせることがあるんだろう？　早いとこ下に降りなよ」

「そんな、無粋《ぶすい》ってもんじゃありやせんかい」

「馬鹿。気を遣うのも、時と場合に寄りけりってもんだろうが！」

忍んでいるのも忘れて怒鳴りつけるや、お駒は天井の羽目板を外しにかかる。

と、板の間から槍穂が飛び出す。目を覚ました佐和が、薙刀《なぎなた》と並べて鴨居に架けてある槍を手にして立ち上がったのだ。

「曲者《くせもの》っ！」

寝ぼけているかと思いきや、表情は真剣そのもの。

半蔵に近付く者あらば、すぐさま飛び起きて応戦する――最初からそのつもりでいたからこそ、熟睡していても反応が速かったのだ。

「止さぬか、佐和っ」

慌てて半蔵は佐和を羽交い締めにする。

小柄な佐和は、たちまち動きを封じられた。

「済まなかった……さぁ、降りて参れ」

暴れる妻を押さえ込みつつ、半蔵は天井に向かって呼びかける。

梅吉に続いてお駒まで忍び込んだことにも、先程から気付いていたのだ。

こちらから呼びかけずにいたのは、夜が明けるまで身動きが取れないと諦めていればこそ。

しかし、こうなってしまっては致し方ない。

「これは如何なることですか、お前さま……」

槍を収めた佐和は目を吊り上げ、正座させた半蔵を睨み付ける。

お駒と梅吉も座らされていた。

「貴方がたは一体、私に隠れて何をしておるのです?」

半蔵はもとより、若い二人も困り顔。

かくなる上は、委細《いさい》を明かすより他になかった。

第八章　惨劇、その果てに

一

爽《さわ》やかな朝が来た。

早朝の湯屋で汗と脂粉《しふん》を洗い流し、さっぱりした顔で帰宅した貞五郎は思わぬことを六左衛門から告げられた。

「お加減が悪い？」

「どうにも気分が優《すぐ》れぬのだ。すまぬが、おぬしから届けを出しておいてくれ」

「まことに大事ありませぬのか」

「一日休めば本復しようぞ。うむ、うむ……。何も案じるには及ばぬぞ」

「心得《こころえ》ました。されば行って参りまする」

疑うことなく、貞五郎は出仕していく。

玄関に立ち、見送る六左衛門は無表情。

息子を身代わりにして生き延びることを、もはや迷ってはいなかった。


数寄屋橋の南町奉行所では、出仕の刻限も間近であった。

きらめく朝日の下、与力と同心が次々に足を運んでくる。

各人がそれぞれ定められた御用に就き、いつもと変わらぬ一日を始めるのだ。

そんな奉行所内に小者《こもの》が一人。

着流しの裾をはしょって股引《ももひき》を覗かせ、お仕着せの法被《はっぴ》を羽織っている。

梶野良材の命を受け、忍《しの》び込んでいた孫七である。

佐久間伝蔵が取っていた不審な行動は、すでに鳥居耀蔵だけでなく良材も知るところとなっていた。孫七が余さず調べ上げ、報告したのだ。

三村右近が一枚噛んでいるとなれば、必ずや何かが起こる。

どのみち耀蔵の指図となれば邪魔立てするには及ぶまいが、笠井半蔵が下手に介入してはまずい。

左様《さよう》な命を受け、奉行所雇いの小者を装って入り込み、孫七は動いたのだ。

その視線の先には佐久間伝蔵。

先程から、落ち着かぬ様子であった。

狙う相手の堀口六左衛門が、まだ出仕していないのだ。

昼を過ぎても、姿を見せない。

吟味方の用部屋で執務しながら、苛立《いらだ》ちを隠せぬのも当然だった。

そろそろ昼八つ（午後二時）である。

奉行の定謙が下城してくる頃合いだ。

大勢の供を引き連れて出かけていれば、奉行所の警備は自ずと手薄になる。

その隙に事を為すつもりだったのに、このままでは埒《らち》が明かない。

斯《か》くなる上は、標的を替えるしかなかった。

父親の六左衛門の代わりに、貞五郎を討つ。

討ち取った後は吟味方の用部屋に籠城し、六左衛門が姿を見せるまで、そして公儀の討手が押し寄せるまで立て籠《こ》もるつもりであった。

「ちと出て参る……」

息抜きをする振りをして、ふらりと伝蔵は廊下《ろうか》に出る。

共用の刀架から佩刀を持ち出す段取りにも、手抜かりはなかった。

二

夜明けの街を半蔵が駆け抜けていく。

（迂闊《うかつ》であった……）

精悍《せいかん》な顔が焦りに歪む。

出遅れたのは、佐和に阻《はば》まれたからではない。

お駒と梅吉を退散させた後、半蔵の告白を余さず聞き終えた佐和はもはや邪魔立てしようとはしなかった。

ただ、念だけは重々押された。

そのやり取りに手間取ってしまったのである。

すべては半蔵の気の弱さのせいだった。

佐和は美しい顔に怒気を滲《にじ》ませることなく、半蔵に問うたものだった。

『……それは、お前さまが本心からおやりになりたいことなのですね？』

『う、うむ……』

『はきとお答えなされ』

『……左様。この身に養いし力が役に立つならば、眠らせておきとうはない』
『まことに？』
『くどいぞ。望んでそうしたいのだ』
『このまま上《うえ》つ方《かた》に都合よく使い立てされても、構いませぬのか』
『拙者《せっしゃ》は使われておるつもりなど無いぞ、佐和』
『お前さま？』
『拙者はただ、己の信ずるところに拠《よ》って立っておるだけだ』
気負いのない告白に、佐和は黙り込んだ。
『佐久間殿も同じはず……なればこそ、あの御仁を助けたいのだ』
続いて発した半蔵の言葉に何を思ったのかも定かではない。
ただ一言、
『お行きなされ』
寂《さび》しげに微笑み、そう言ってくれただけだった。
事を終えたら、隠し事をし続けてきたことを改めて詫《わ》びねばなるまい。
無為に命を落とすのも避けねばならない。
生きていてこそ、叱《しか》られることもできる。

堅く心に誓った上で、半蔵は駿河台の屋敷を後にしたのだ。

しかし、八丁堀の佐久間家に着いたときには遅かった。すでに伝蔵は出仕しており、無礼を承知で忍び込んだ組屋敷の中では、妻女がやつれた顔で眠りこけていただけであった。

「くっ！」

すかさず後を追ったものの、数寄屋橋に辿り着くことは叶わなかった。

「待て、笠井」

行く手に立ちはだかったのは、六尺近い長身の美丈夫。

弟の右近と違って、折り目正しく袴《はかま》を穿いている。

「左近殿……」

「弟のためだ。これより先は行かせぬぞ」

重々しく告げながら、三村左近は前進する。

対する半蔵は腰が引けていた。

左近の放つ剣気に押され、鯉口《こいぐち》を切ることもできずにいた。

一方の左近も、刀を抜いてはいない。

人通りもまばらな早朝とはいえ、往来《おうらい》で斬り合えば騒ぎになる。

しかし、左近ほどの遣い手ともなれば、抜刀《ばっとう》するには及ばない。

気を放つだけで相手の動きを封じ、追い込むことができるのだ。

先夜の対決と同様に、半蔵は圧倒されるばかり。

傍目《はため》には立ち止まっているだけにしか見えないが、凡百を超えた剣鬼にしか為し得ない術中に嵌《はま》っていればこそ、動きが取れなかったのである。

（先生……）

半蔵は無念の形相で歯嚙みした。

亡き近藤三助方昌《こんどうさんすけのぶあき》ならば左近など物の数ではないだろう。

しかし気合術の名手だった師の域に、半蔵は未だ及んでいない。

時は無情に過ぎていく。

昼を過ぎても左近は微動《びどう》だにしない。

行き交う人々は怪訝《けげん》そうに、そして怯えた顔で足早にとおり過ぎていくばかり。

照り付ける陽光の下、半蔵は凍り付いたままでいた。

三

「佐久間様？」

伝蔵が用部屋に入ってきたのを、貞五郎は怪訝そうに見返す。

次の瞬間、肉の厚い顔が恐怖に強張《こわば》る。

「ご、ご冗談はお止めくだされ」

「冗談には非ず……うぬが素っ首、貰《もら》い受けるぞ」

「ば、馬鹿なことを申されますな」

「恨《うら》むのならば、父親を恨め！」

言い放った刹那《せつな》、断たれた首が前に落ちる。

血に濡れた畳に転がりはしない。

様《ため》剣術の作法に則し、抱き首に処したのだ。

「ひいっ⁉」

その場に来合わせた平次兵衛が腰を抜かす。

伝蔵に逃がすつもりはなかった。

この男もまた、仁杉五郎左衛門の恩顧を受けていながら寝返った身。

偽の書状を作ったことまでは知らずとも、伝蔵にとっては討つに値する相手であった。

「天誅《てんちゅう》!!」

気合い一閃《いっせん》、袈裟《けさ》斬りを浴びて平次兵衛は崩れ落ちる。

瀕死の相手を用部屋に引きずり込む、伝蔵の一挙一動は冷静そのもの。

「各々方、出ていただこう」

居合わせた吟味方の同心を追い出す口調も落ち着いていた。

しかし、騒ぎを聞きつけて押し寄せた面々までは阻止《そし》できない。

すでに廊下は同心たちで一杯だった。

いずれも帯びているのは脇差のみとはいえ、切り抜けるのは至難。それに無闇《むやみ》に怪我人を出したくもない。

両の目を血走らせながらも、そう判じられるだけの分別は残っていた。

「堀口を！　六左衛門を呼べっ!!」

閉めた障子越しに、威嚇《いかく》を兼ねて伝蔵は言い放つ。

「何を申すか、佐久間っ！」

「湯屋での遺恨にしては、度が過ぎようぞ！」

伝蔵の目的を知った同心たちは、一様に動揺を隠せない。

ただひとり、三村右近だけは違った。

「ま、待て！」

「無茶をするなっ」

周囲の静止を振り切って、障子を開け放つ。

「お気を確かになされませ、佐久間様」

「おのれ……何とするかっ」

「お静かに、お静かに」

血刀を押さえ込み、伝蔵を奥に連れて行く動きは、冷静にして力強い。

剛力で手首を締め上げられ、大和守安定が足下に転がる。

次の瞬間、肉を貫く鈍い音。

間を置くことなく、右近は脇差を横一文字に振り抜いた。

伝蔵の帯前から抜き取るや、瞬時に事を為したのだ。

腹を突いた上で喉《のど》を裂いたのは、不用意なことを口走るのを防ぐため。

部屋の死角まで誘導したため、廊下に居並ぶ同心たちからは見えていない。

しかし、孫七の目はごまかせない。

しかと見届けたとはいえ、目の当たりにした光景は信じ難い。

なぜ、右近が伝蔵を刺し殺すのか。

しかも慮外者《りょがいもの》として成敗したのではなく、自害に見せかけたのである。

訳が分からぬまま、サッと孫七は身を翻《ひるがえ》す。

同心たちが用部屋に突入したのは、逃れ出た一瞬後のことだった。

「か、覚悟の自害にござろう……」

声を震わせ、右近は痛ましげにつぶやいた。

血濡れた脇差を振るった張本人とは、誰も気付いてはいなかった。

四

相変わらず、半蔵は往来で釘付けにされたままでいた。

呪縛《じゅばく》を解くきっかけになったのは、その場に駆け付けた佐和の一声。

「お前さまー！」

「佐和……か……!?」

ハッと見返す視線の先で、佐和は眦《まなじり》を決していた。

左近に向かっていく態度に恐れはない。

呼びかける口調も落ち着いていた。

「これは何故のご無体でありますか……」

「武門の意地に懸けての立ち合いと申さば、何とする」

「お黙りなされ！」

佐和は臆《おく》することなく言い放つ。

対する左近は、なぜか微笑みを浮かべている。

「そなた、私が怖くはないのか？」

「夫に危害を加えんとする輩《やから》を恐れていては、妻など務まりますまい」

「はっはっ、良き覚悟だ」

左近が笑い声を上げたとたん、半蔵にかけられた呪縛はたちどころに解けた。

「この辺りでよかろう」

「何……」

「事は済んだ。もはや、おぬしと争うには及ぶまい」

「どういうことだ……」

「もはや邪魔立てはせぬ故、数寄屋橋《すきやばし》に行ってみるがいい」

微笑《ほほえ》み混じりに告げるや、左近は踵《きびす》を返す。

去り際に一言、つぶやく口調は真摯《しんし》な響きを帯びていた。

「良き嫁御を持ったものだな、笠井半蔵……」

だが半蔵も佐和も、そんな言葉を聞いてはいない。

南町奉行所を目指し、一散に駆け出していたのであった。

五

数寄屋橋は騒然《そうぜん》としていた。

「こ、これは何としたことじゃ……」

下城した矢部定謙は、啞然とするばかりで役に立たない。

代わりに一同を鎮《しず》めたのは仁杉五郎左衛門。

生き証人の右近を問い質《ただ》したのも彼だった。

「おぬしの落ち度を咎《とが》めはせぬ。さ、有りの儘《まま》を申してみよ」

「拙者を振りほどくや、佐久間殿は一瞬のうちに……慌てて組み付きしときにはすでに遅く……面目《めんぼく》次第もございませぬ」

釈明する右近の態度は誠実そのもの。

「相違あるまいな?」

「天地神明に誓いまする、仁杉様」

そんなことを言いながら、腹の底では笑っている。

貞五郎はもとより平次兵衛も、息の根は止まっていた。

何食わぬ顔で脇差を抜き、とどめを刺したのは右近である。

すでに事切れていた貞五郎はともかく、瀕死とはいえ息を吹き返しかねない者を放置してはおけなかった。

大した役者だったのは、右近だけではない。

「な、何としたことか……」

六左衛門の号泣が、血臭の漂う部屋じゅうに響き渡る。

哀れを誘う振る舞いも、すべては芝居。

事が露見する恐れは無い。

そう思い込み、右近も六左衛門も安堵していた。

一部始終を目撃したのは孫七のみ。

しかも、孫七は口外するわけにはいかない立場だった。

良材から命じられたのは南町で起きた事件の一部始終を見届け、有りの儘に報じることのみ。余計な真似をすれば、孫七自身が粛清される。

孫七も命は惜しい。

良材は好々爺然《こうこうや》としていながら、底知れぬ男である。

孫七が不要と見なせば即、御庭番衆に売り渡すのは目に見えている。

抜け忍の孫七が今日まで生き長らえることができたのは、八代吉宗公が設けた御庭番十七家の一角を成す梶野家の当主であり、かつて御庭番として数々の功績を残した、良材に庇護《ひご》されていたからこそ。

紀州忍群を母体とし、裏切り者は許さない御庭番衆といえども、梶野家の良材が目を光らせていては手を出しかねる。

だが、その良材が見放せば状況は変わる。

遠慮することなく、孫七を始末しに襲ってくるに違いない。

わが身が可愛ければ、余計な真似をしてはなるまい。

せめてもの救いは、笠井半蔵が乱入しなかったことだった。

半蔵に無茶をさせてはなるまい。

あの男に万が一のことがあれば、佐和が悲しむ。

愛しい女人に、悲劇など味わって欲しくはない。

それは忍ぶ恋だった。

(うぬほどの果報者は居らぬ。斯様《かよう》に思うて自重するのだぞ、笠井半蔵……)

胸の内でつぶやきつつ、孫七は引き上げていく。

入れ違いに半蔵ばかりか佐和まで駆け付けるとは、思ってもいなかった。

数寄屋橋に駆け付けた半蔵が門前払いを食わされて、中には入れてもらえないのも当然だった。

内与力の金井権兵衛は日頃の落ち着きを失い、相手にしてくれない。

佐和を連れていては、忍び込むのもままならない。

そうこうするうちに、思わぬ手合いが現れた。

「あやつらは……」

見覚えのある面々は、公儀の小人目付衆。右近が事を為したのを確認し、現場検証をさせるために鳥居耀蔵が手を回したのだ。

さらには耀蔵までが、現場に顔を見せていた。

「そのほう、たしか梶野土佐守様の配下であったな」

「は……」

「何をいたしておるのじゃ。斯様な佳人まで連れて」

「……拙者の妻にございまする」

「成る程、こちらが亡き大御所様をも惑《まど》わせし佐和殿……か」

見返す耀蔵は無表情。何を考えているのか定かでないだけに、気味が悪い。

「お前さま……」

怯《おび》える佐和を庇《かば》いつつ、退散するしかない半蔵だった。

六

惨劇《さんげき》の一日から数日後。

定謙は奥の私室で、今日も眠れぬ夜を過ごしていた。

表と呼ばれる奉行所の内部は、血の穢《けが》れを浄めるために当分は立ち入りが禁じられている。

本来ならば定謙も一時退去し、家族と共に下谷二長町にある矢部家代々の屋敷に引き移るべきであった。

忍び込んだ半蔵にとっては、好都合なことであった。

「自責の念に駆られておいでなのですか、お奉行……」

「か、笠井か？」

「今宵《こよい》こそ包み隠さず、ご存念をお聞かせいただきまするぞ」

表情も険《けわ》しく、半蔵はゆらりと定謙に詰め寄る。

これまで寄せてきた敬愛の念も、さすがに失せかけていた。

「あれほど申し上げましたのに、お聞き届けくださらなかったからですぞ」

「すまぬ……面目次第もなきことじゃ」

半蔵に問い質された定謙は、御救米《おすくいまい》の一件をネタにして前の南町奉行──筒井政憲を失脚させた事実を、ついに明かさざるを得なかった。

「何と……」

半蔵が言葉を失ったのも無理はない。

思った以上に、定謙は腹黒い人間だったのだ。

しかし、呆れながらも痛め付けるには至らなかった。

人は皆、善と悪の両面を併せ持っている。

定謙に限らず、宿敵の三村左近にもそんな部分はあるのだ。

とはいえ、すべてを許せたわけではない。

凶行を引き起こして立場を危うくした伝蔵への腹いせに、定謙は残された妻女を八丁堀の組屋敷から追い出す命令を下していたのだ。

「何ということをなされたのですか!」

「す、すまぬ……」

しかし、すでに時遅し。

耀蔵は配下の小人目付衆に徹底した現場検証をさせる一方で、亡き伝蔵の妻の身柄を、すでに押さえていたのだった。

七

突然のことに困り果てたかねにとって、耀蔵は救いの神だった。

(神も仏も有りはせぬのですね……)

折しも、かねは絶望しきっていた。

屋敷まで引き払わざるを得なくなり、気も塞《ふさ》ぐばかりだったところに、立派な乗物を仕立てて訪ねてきたのは思わぬ大物。

「御目付の鳥居耀蔵様にございますぞ」

「頭《ず》が高うござるぞ。お控えなされい」

誰が来たのかも分からず、やつれた顔で玄関に出てきたかねに、供侍《ともざむらい》が口々に注意を与える。

いかめしい供侍たちと違って、乗物の主は穏やかそのもの。

「こたびは難儀をされたそうだの」

「お、恐れ入ります」

その穏やかさに導かれるかの如く、かねは深々と平伏する。

「かしこまるには及ばぬ故、面《おもて》を上げられよ。さぁ」

「勿体《もったい》のうございまする……」

耀蔵が天性の人誑《ひとたら》しであり、天下の老中首座まで味方に付けるほどの曲者《くせもの》とは知る由《よし》もない。

公儀のお偉方にもこんな人がいたのかと、素直に感激しただけだった。

八丁堀の妻女といえば世情に詳しいと思われがちだが、夫の伝蔵自体が人付き合いを好まぬ質だったため、自ずとかねも世間が狭い。

公儀の目付が役高だけで千石を拝領し、旗本と御家人の犯罪を取り締まる大物なのは分かっていても、南町奉行の首をすげ替えた黒幕であることまで見抜けてはいなかった。

斯くして、かねは耀蔵の屋敷に囚われた。

当人は、幽閉されたと気付いてもいない。

湯を使い、着替えを済ませて、伸び伸びとくつろいでいた。

「ここをそなたの居室にいたすがいい。ゆるりと過ごされよ」

「忝《かたじけ》のう存じまする」

「良い良い」

穏やかな笑みは、かねにとって好もしい。

怖さを感じさせない殿御と接するのは久方ぶり。

かねにとって伝蔵は、良き夫とは言いかねる人物であった。

感情の起伏が激しい夫と共に暮らして、幾十年。

お役目第一で優しい言葉ひとつかけてくれなかったばかりか、途方もないことをしでかして先立つとは勝手が過ぎる。

夫の死さえ忘れるほどに安らぐかねを前にして、耀蔵はさりげなく言った。

「おぬし、奉行が憎いであろう」

「は？」

「矢部駿河守めの裁きに得心が行かぬのは、儂《わし》も同じぞ」

「御目付様……」

「実は今一つ、おぬしに伝えねばならぬことがある……佐久間氏が凶行に走りしは唯一人の存念のみには非ず。余人の意を汲んでのことと儂は見なしておる」

「ま、真実《まこと》ですか⁉」

「儂が偽りを申す男に見えるかな」

「いえ……」

じっと見返され、かねは思わず頬を赤らめる。

その機を逃さず、耀蔵は畳みかけた。

「聞きたいとは思わぬか。おぬしが夫をそそのかし、空しゅうせし輩の名を」

「……どなたなのですか、鳥居様」

「仁杉五郎左衛門。五年前に前の奉行の命を受け、佐久間氏らを従えて御救米の買い付けに携わりし年番方与力ぞ」

「あの仁杉様が……まさか……」

「おぬしはあやつの本性を知らぬ……名与力が聞いて呆れる奴なのだ」

「何故、そこまで悪しざまに申されるのですか？」

「可哀相に……。知らぬとは、げに気の毒なことじゃ……在りし日の事共を調べれば調べるほど、佐久間氏は実直な御仁であられたとしか儂には思えぬ。仁杉めはその人柄に付け込み、己を守るために死んでくれと命じたのだよ」

「そんな……」

「むろん、儂ならば引き受けはせぬ。如何《いか》に恩義を受けし上役の命であろうとも無辜《むこ》の朋輩を斬り、可愛い妻を遺して自裁に及ぶなど出来るものか」

「……御目付様の奥様は、お幸せな方であられるのですね」

かねがそんなことをつぶやいたのも、無理はない。

口調こそ淡々としているが、耀蔵は一言一句を真摯に語っていた。

「されば儂の申すとおり、駕籠訴《かごそ》をなさるのだな」

「はい」

「よくぞ申された。向後のことは一切、儂に任せていただくが構わぬな」

「お心のままにさせていただきまする」

「されば仁杉めについて、今少し聞かせようぞ」

そんな前置きをして有りもせぬことを吹き込み、かねをそのかしたのは駕籠訴をさせるためだった。

老中首座の水野忠邦が登城する乗物の前に飛び出し、定謙ばかりか五郎左衛門にも落ち度があったと直訴させるつもりなのだ。

「直訴は必ず取り上げる代わりに、訴え人を罪に処するが御定法。されど御上にもお慈悲というものがある。儂を信じて、為してくれい」

「仰《おお》せのとおりにいたしまする」

「よろしい。それでこそ婦道の鑑《かがみ》じゃ」

満足げに耀蔵は席を立つ。

座敷に一人残されて、かねは揺れ動いていた。

伝蔵を死に追いやった黒幕は、公金横領の更なる事実——実はもっと巨額を懐に入れていたことが発覚するのを恐れた五郎左衛門だというのが、もとより根も葉もない嘘である。

さすがに疑わしい話だったが、かねには確証が無い。

亡き夫から、何も聞かされていなかったのだ。

それでも、伝蔵が仁杉五郎左衛門を慕《した》っていたのは承知の上。口数の少ない夫から、それだけは生前に聞かされていたのだ。

それにしては、伝蔵が死した後の仁杉の態度は冷淡に過ぎた。

大罪に及んだとなれば表立って訪問できかねるのは分かるが、せめて弔問の文ぐらいは密かに寄越してもいいではないか。

組織を乱した罪が重く、私情を挟むのは禁物であることを、かねは理解できていなかった。

五郎左衛門が誰よりも深く伝蔵の死を悼み、定謙が早急にかねを退去させようとしたのに最後まで反対し、不興を買ったのも知らずにいる。

真実を知らずにいればこそ余計なことを考え、耀蔵に付け込まれたのだ。

今や、かねは耀蔵を信じ込んでいる。

夫が敬愛する五郎左衛門に利用され、刺客まで命じられたとは許し難い。

汚名を雪《そそ》ぎたければ、登城中の忠邦に駕籠《かご》訴《そ》をするしかあるまい。

直訴に及んだ罪を軽くなるように取り計らってくれるとなれば、やはり婦道を貫き通すべきではないか。

そうすれば、耀蔵も自分を認めてくれることだろう――。

人誑しの術中に、かねは嵌《はま》り込んでいくばかりであった。

八

罠《わな》に嵌ったかねを救出するべく、半蔵は速やかに行動を開始した。

佐和にすべてを明かしたのが功を奏し、以前より思い切りが良くなっていた。

協力したのはお駒と梅吉。

こたびの事件が災いし、定謙が落ち目になっては仇討ちを遂げる甲斐もない。

例によって、そんなことをうそぶきながら手を貸してくれたのだ。

「勘違いしちゃいけないよ、旦那。あの男にゃ強いまんまでいてもらわなけりゃ面白くないんだからさ」

「お駒……」

「仕方ないね、助《す》けてやろうよ、梅」

「合点でさぁ、姐《あね》さん」

悪ぶりながらも、お駒と梅吉は乗り気十分。

半蔵ともども夜陰に乗じて耀蔵の屋敷に潜入し、かねの身柄を取り戻す手際は盗っ人あがりならではのものだった。

「静かにしな！」

「うっ」

忍び寄ったお駒にみぞおちを突かれ、かねはたちまち悶絶《もんぜつ》する。

失神したのを担ぎ出したのは梅吉。

門外に仁王立ちとなり、追っ手の小人目付衆を引き付けたのは半蔵だった。

「うぬ、笠井半蔵か！」

「おのれ、またしても余計な真似を！」

怒号を上げて斬りかかってくるのを迎え撃ち、続けざまに打ち倒す。

「うっ！」

「ぐわっ！」

小人目付がばたばたと倒れ伏す。

骨まで砕かれずとも、強打を喰らっては立ち上がれない。

半蔵に敵う者は、もはや一人もいなかった。

問題は剣技の巧拙《こうせつ》だけではない。

刃引きを振るう、半蔵の体《たい》のさばきは完璧。

手にした得物と五体を連動させていればこそ、隙が無い上に力強い。
かねを救出した以上、もはや遠慮は無用である。
お駒たちを逃がす時を稼ぐために、誰であろうと倒すのみ。
続いて現れた三村左近に対しても、もはや気後れしてなどいなかった。
「命知らずな真似をしおって。自重せいと申したであろうが……」
告げる左近の口調は、残念そうな響きを帯びていた。
できることならば、今少し強くなった半蔵を斬りたい。
だが、もはや驕《おご》っている場合ではなかった。
鋭い気を放っても、半蔵は動きを止めない。
のみならず、一挙一動のキレが良い。
「こやつ……」
驚きながらも、剣を交える左近は嬉しげだった。
半蔵は呪縛を脱したのだ。
佐和に隠れて事を為す、後ろめたさを覚えずに済むようになったのだ。
気負いが無くなれば、体の動きは鋭さを増す。
半蔵の一挙一動からは硬さが失せていた。

後の世の剣道や居合道も、力むことは逆効果にしかならない。

体さばきが柔軟になればなるほど、振るう得物は力強さを増すものだ。

そして半蔵が体と得物が連動させることができているのは、刀よりも太い柄を備えた木太刀で素振りを日々繰り返し、手の内を錬り上げていればこそ。

少年の頃からの積み重ねが、ここに来て生きたのだ。

闇の中、左近と半蔵は激しくぶつかり合った。

改めて開眼した半蔵の実力は、今や右近とほぼ互角。

左近といえども、以前ほどには容易《たやす》く攻め込めない。

斯くなる上は、追撃を諦めるより他になかった。

「何をしておる、左近殿……」

「追え、追うのだ……」

打ち倒された小人目付衆が、駆け去る半蔵を悔しげに見送る。

しかし、左近は動かない。

更に強くなって欲しいと想う気持ちにも増して、五体が疲れ切っていた。

急を聞いて駆け付けた右近が呆れたのも、無理はない。

「何を笑うておるのだ、兄者!?」

「いや……敵もなかなかやるものだと思うてな……」

「楽しんでおるどころではあるまいぞ」

「今宵のところは見逃してやれ……愚《おろ》かな女に駕籠訴などさせずとも、鳥居様は次なる手を打つであろうよ」

息を切らしながらも、左近は満足そうだった。

「兄者……」

「些《いささ》か骨が折れたわ。引き上げようぞ」

戸惑う弟に微笑み返し、左近は踵を返す。

半蔵が順調に好敵手に育ちつつあると知り、密かに喜んでいたのだった。

九

かねの身柄は、ひとまず駿河台の屋敷で預かった。

目を覚まさせるのに手を貸してくれたのは、何と佐和だった。

耀蔵の言葉を信じ込み、どうあっても駕籠訴をすると息巻くのを説得し、本気でそんなことがしたいのかと問い詰めたのである。

その内容は、傍目《はため》には辛辣《しんらつ》なものだった。

正座させたかねと向き合い、佐和は遠慮無く問いかける。

「そも、貴女は佐久間様を大事にしておられたのですか？」

「ぶ、無礼な……」

「お静かに」

いきり立つかねを、佐和は一睨みで沈黙させる。さすがの貫禄である。

とはいえ、単に言い負かせば良いわけではない。

納得させなくては、かねは耀蔵の許に再び戻ってしまいかねないのだ。

縁もゆかりもなければ、このまま放っておいても良いだろう。

だが、見捨てるわけにはいくまい。

半蔵は佐久間伝蔵を救えなかった。

自分に対する定謙の如く五郎左衛門を一途に慕《した》い、役に立ちたいと願いながらも報われずに逝ってしまったのが、他人事と思えないのだ。

せめて、その妻女だけは助けたい。

愚かな女人には違いないが、このまま利用されて果てるのは哀れに過ぎる。

思うところは佐和も同じであった。

今のかねに必要なのは、自分のために生きる気を起こさせることだ。

武家の女に勧めることではあるまいが、中途半端に婦道に殉《じゅん》じようなどと思い立ったところで不幸になるだけの話。

いっそのこと、何もかも思い切らせてしまったほうがいい。

そうやって生きたほうが、むしろ彼女は幸せなのだ。

「聞き及ぶ限り、佐久間様は貴女を顧みずに御役目第一でいらしたとの由。殿御としては見上げたことにございましょうが、一家のあるじとしては如何なものでありましょう。斯様な御仁のために、お命を捨てられるのですか」

「そ、それは……」

「愚かな真似をなさらず、どうか御身を大事になされませ。亡き佐久間様も左様に望んでおいでのはずですよ」

佐和の力強くも親身な言葉は、説得力も十分。

耀蔵に操られかけていたかねは、ついに正気を取り戻した。

「大したものだな、そなたは」

「女子は殿御よりも諍《いさか》いに慣れておりますれば……刀槍を取っては力及ばずとも言い争いでは、こちらが上にございますよ」

「それはもとより承知の上じゃ」

「まぁ」

一瞬キッとしながらも、佐和は満足そうに微笑む。

夫の役に立てたことが、素直に嬉しいのだ。

妻の秘めた実力の凄さに、改めて恐れ入る半蔵であった。


数日後、かねは笑顔で八丁堀を去った。

反省した定謙の計らいが佐和に続き、絶望した彼女の心を救ったのだ。

実子がいないので養子を迎え、南町の同心としての家名を存続させてはどうかと勧められたのをかねは謹んで断り、実家に戻ることにしたという。

当人にその気がなくなった以上、もはや耀蔵も直訴など強要できまい。

ひとまず安堵した半蔵は、佐和と夕餉《ゆうげ》を共にした。

今宵の菜は湯豆腐である。

久しぶりの雨が涼を誘ってくれたので、熱さがむしろ心地いい。

昆布で出汁をとった鍋では、豆腐と細切りの油揚げがぐつぐつと煮えていた。

今宵の佐和は、酒まで用意してくれていた。

「どうぞ、存分に尽くしてくださいませ」

「かたじけない……ほれ、そなたも」

夫婦で差しつ差されつ、晩酌を交わす二人の面持ちは穏やかそのもの。

くつろいでいるようでいて、まだ油断はしていない。

耀蔵が定謙を陥れるべく、更なる手を打ってくることだろう。

宿敵の三村兄弟も控えている。

邪剣を振るう右近はもとより、左近は相変わらず底知れない。

先夜の戦いで引き分けたのも、ようやく半蔵が相手の足下に及ぶ程度には成長したというだけにすぎない。

更に業前《わざまえ》を磨き上げ、胆力を鍛えなくては打ち勝てまい。

負けるわけにはいかなかった。

どんな手で仕掛けてきても、自分が定謙を護ってみせる。

愚かな面まで含め、ひとかどの男と見込んだからには見放さずに尽くしたい。

「つくづく、お前さまは損なご性分なのですねぇ。上つ方に振り回され、労する羽目になるばかりで」

「すまぬ」

「されど、それも駿河守様の御為のみなのでありましょう」

「む、むろんじゃ」

「ならば何も申しますまい」

「良いのか、佐和」

「お前さまが割れ鍋ならば、私が綴《と》じ蓋になるしかありますまい」

「佐和……」

「吹きこぼれるほど熱うなられては困りまするぞ。私も若うはありませぬ故」

具を足した湯豆腐に蓋をしながら、佐和は優しく微笑む。

皺の目立ち始めた顔が新婚の頃よりも柔和に、愛おしく思える半蔵だった。

この作品は2012年1月双葉社より刊行された『算盤侍影御用　婿殿大変』を加筆修正し、改題したものです。

徳間文庫

婿殿開眼五

南町《みなみまち》事《じ》変《へん》

2019年12月15日 初刷

著者 牧《まき》秀《ひで》彦《ひこ》

発行者 平野健一

発行所 株式会社徳間書店

東京都品川区上大崎三-一-一
目黒セントラルスクエア 〒141-8202

電話 編集〇三(五四〇三)四三四九
販売〇四九(二九三)五五二一

振替 〇〇一四〇-〇-四四三九二

印刷
製本 大日本印刷株式会社

ISBN978-4-19-894523-7 (乱丁、落丁本はお取りかえいたします)